アン・M・マーティン　西本かおる 訳

RAIN REIGN

レイン

雨を抱きしめて

小峰書店

レイン

雨を抱きしめて

もくじ

第一部　物語のはじまり　9

第二部 ハリケーン 69

第三部　ハリケーンの爪《つめ》あと　111

第四部 つらい決断 169

第五部　物語の終わり　215

装画／100%ORANGE
装幀／城所潤（JUN KIDOKORO DESIGN）

第一部　物語のはじまり

I　わたしのこと――同音異義《いぎ》語のある名前〈ローズ〉

わたしはローズ・ハワード。わたしの名前〈バラ《ローズ》〉には同音異義語がある。〈列《ロー》〉に複数形のS《ズ》がついた〈ローズ〉だ。

発音が同じでスペルがちがう単語のことを、正しくは〈異形同音異義語〉という。なのに、みんな〈異形同音異義語〉のことを〈同音異義語〉とだけ呼《よ》んでいる。担任《たんにん》のクシェル先生が、〈同音異義語〉と呼ぶのはまちがいだけど、一般《いっぱん》に広まっていると言ったので、わたしは興味がわいて先生に質問した。

「まちがえるのと、ルールをやぶるのとは、どうちがいますか?」

「〈まちがえる〉っていうのは、うっかりやってしまうこと。〈ルールをやぶる〉っていうのは、わざとやることよ」

「それなら、もし――」

「異形同音異義語のことを、ただ同音異義語と言っても、かまわないの。話し言葉ではふつうだから、いいのよ」

「〈やぶる〉《ブレイク》にも、同音異義《いぎ》語があります。〈ブレーキ〉《ブレイク》です」

わたしは言葉が好き。とくに、同音異義語が大好き。ルールと数字も好き。数字のなかで、とくに好きなのは素数。素数というのは、1と自分以外の数では割《わ》り切れない整数のことだ。好きな順番はこう。

1　言葉（とくに同音異義語）
2　ルール
3　数字（とくに素数）

わたしはこれから、ある物語を書く。本当にあった話だからノンフィクションだ。物語を書くには、まず主人公を紹介《しょうかい》するのが決まりだ。わたしが書くのは、自分の物語だから、主人公はわたし。

わたしのファーストネームには同音異義語がある。うちの犬にも同音異義語のある名前をつけた。犬の名前は〈雨〉《レイン》。とてもめずらしい名前だ。その理由は、〈レイン〉には、2つも同音異義語《いぎ》があるから。〈手綱《レイン》〉と〈支配する《レイン》〉。レインのことは2でくわしく書く。タイトルは〈わたしの犬、レイン〉にするつもり。

わたしはパパとふたりで暮《く》らしている。パパの名前はウェスリー・ハワード。同音異義語はない。

うちの玄関《げんかん》ポーチからは、庭と小さな橋と道路が見える。道路の名前は、ハド通り。ハド通りの向こうには木立があって、木々のあいだからニューヨーク高速道路が見える。

わたしはハットフォード小学校の5年生。ニューヨーク州ハットフォードには小学校がひとつしかなくて、そこには5年生のクラスはひとつしかない。担任《たんにん》はクシェル先生。わたしはそのクラスにいる。クラスメイトのほとんどは10歳《さい》か、もうすぐ11歳になるところ。わたしはもうすぐ12歳だけど、5年生のクラスにいる。理由は、学校の先生たちがわたしの扱《あつか》いに困《こま》っているから。わたしは半年を2回分、つまり1年分、勉強が遅《おく》れている（1／2＋1／2＝1）。

わたしはいつでもルールにこだわるし、いつも同音異義語のことをしゃべるから、よくからかわれる。授業中は介助員《かいじょいん》のミセス・ライブラリーがわたしにつく。5年生用のわたしのいすの横に大人用のいすがあって、ミセス・ライブラリーはそこにすわって、わたしが算数の途中《とちゅう》でなにかしゃべりだしたりすると、腕《うで》をそっと押《お》さえる。自分の頭をたたいて泣きだすと、「ローズ、ちょっと廊下《ろうか》に出ましょうか」と言う。

ミセス・ライブラーは、「同音異義《いぎ》語やルールや素数のほかにも、楽しい話題はいろいろあるのよ。まずは、会話の出だしを考えてみましょう」と言う。同音異義語にもルールにも素数にも関係ない話題といえば、こんな感じ。

「わたしの家は北東を向いているの」自分がそう言ったあと、相手にたずねる。「あなたの家はどっちの方角を向いている?」

「うちから通りを1・1キロ歩いたところにJ&R自動車修理工場があるの。うちのパパは修理工で、そこで働いているの。その0・2キロ先には〈ラック・オブ・アイリッシュ〉というバーがあって、パパは仕事のあと、そこに行くの。J&R自動車修理工場とうちのあいだには、木と道路以外はなんにもないの」→「あなたの家の近くのことを教えて」

「わたしにはウェルドンという名前のおじさんがいるの。パパの弟なの」→「あなたの家族は?」

「わたしは高機能自閉症《じへいしょう》と診断《しんだん》されているの。これをアスペルガー症候群《しょうこうぐん》と呼《よ》ぶ人もいるの」

↓「あなたは、なにか診断されている？」

わたしの紹介《しょうかい》の最後に、ママのことを書いておく。ママは、パパとわたしといっしょには暮《く》らしていない。わたしが2歳《さい》のときに家出した。だから、うちに住んでいるのは、パパとわたし。そして、犬のレイン。ウェルドンおじさんはハットフォードの反対側、うちから5・4キロのところに住んでいる。

つぎは、わたしの物語の設定について。場所についてはすでに書いた――ニューヨーク州ハットフォードのハド通り沿《ぞ》いの家。時代としては、この物語は、わたしが5年生になった年の10月に始まる。

5年生になってから、ちょっと困《こま》ったことがある。ハリケーンの日にパパがレインを外に出した件（あとで出てくる）と比べれば、たいしたことではないけれど、それでも困ったことだ。5年生になってから、1週間ごとに週間報告書を渡《わた》されて、もって帰ってパパに見せることになった。報告書というのは、ミセス・ライブラーがわたしの行動について書いて、クシェル先生がサインしたもの。サインは、クシェル先生もそのとおりだと思っているという印だ。月曜日から金曜日までの目立った行動がぜんぶリストアップされる。たまには、クラスの話しあいにちゃんと参加したとか、いいことも書いてあるけれど、ほとんどはパパが報告書をテーブルにたたきつけるような内容だ。パパは「ローズ、たのむよ。同音異義語《いぎご》のことを考えるときは口をつぐんでてくれ」とか、「非常ベルが鳴ったくらいで、耳をふさいでわめくやつがいるか？」とか言う。

先週の報告書には、ミセス・ライブラーとクシェル先生からパパに、これから月に1回、面談に来てくださいと書いてあった。パパは毎月第3金曜日の午後3時45分にハットフォード小学校に行って、わたしについて話しあわなければならないということだ。それを読んだとき、パパは言った。

「面談なんか行ってるひまはない。なんて手がかかるんだ。ローズ、なんでこんなことばかりするんだ？」

これは、J&R自動車修理工場で仕事がなかった金曜日の3時48分のこと。

パパとレインとわたしに会いにきていたウェルドンおじさんは、10月3日の夜8時10分に、この月1回の面談のことをきいた。

パパは報告書を手に玄関《げんかん》のドアのところに立って、外の木立と暗闇《くらやみ》を見ていた。

「面談なんてくそ食らえだ」

キッチンの樹脂《じゅし》製のテーブルのところにわたしとすわっていたウェルドンおじさんは、まつ毛の下からパパを見て、すごくおだやかな声で言った。

「よかったら、ぼくが代わりに行こうか？」

パパは勢いよくふりかえって、ウェルドンおじさんに指をつきつけた。

「うるさい！　ローズはおれの子だ。世話くらい自分でできる」

ウェルドンおじさんはうつむいて、だまりこんだ。でも、パパがまた外を向くと、おじさんは左手の中指を人差し指に引っかけてみせた。２本の指をクロスするのは、おじさんからわたしへの、だいじょうぶだよ、っていう合図。わたしも指をクロスした。それからふたりともクロスした指を自分の胸《むね》に当てる。

そのあと、レインがキッチンに入ってきて、しばらくわたしの足もとにすわっていた。

それから、おじさんが帰っていった。

それから、パパはミセス・ライブラーとクシェル先生からの報告書を丸めて庭に投げた。

これで、わたしの紹介《しょうかい》はおしまい。

2　わたしの犬、レイン

わたしの物語のつぎの登場人物は、レイン。登場人物といっても人間じゃなくてもいい。犬のレインのように、動物でもいい。

レインの体重は11キロ。犬の体重はこうやって量る――体重計にのって、自分の体重を量る。それから犬を抱《だ》いて、自分と犬の体重の合計を量る。そして自分と犬の体重から、自分の体重を引く。これで犬の体重がわかる。

レインの背中《せなか》の長さは45センチ。鼻の先からしっぽの先までは86センチ。

毛はほとんど全身が黄色で、足の指の7本が白い（右前足の2本と、左前足の1本と、右後ろ足の3本と、左後ろ足の1本）。右耳には茶色の斑点《はんてん》がある。毛は短い。ウェルドンおじさんは、レインはラブラドール・レトリーバーじゃないかと言っている。でも、ラブラドールのメスの標準体重は25キロから32キロだから、たぶんレインは純粋《じゅんすい》なラブラドールではない。

レインとわたしは家でふたりきりのとき、いっしょに家の中か玄関《げんかん》の外のポーチにすわって、レインが前足の片方をわたしのひざにのせる。レインのつま先をなでると、レインはチョコレート色の目でわたしの青い目をじっと見る。しばらくすると、レインは眠《ねむ》ってしまう。はじめは茶色い目が細くなって、それから完全にとじる。

夜、寝《ね》るときには、レインはわたしの毛布にもぐりこんでくる。夜中に目がさめると、レインがわたしにのしかかっていて、レインの顔がわたしの首の上にある。

レインの息はドッグフードみたいなにおいがする。

レインがうちに来てから、11か月、つまり約1年たった。パパがレインを連れて帰ってきた夜のことは、4でくわしく書くことにする。4のタイトルは〈レインが来た日〉にするつもり。

レインとわたしの毎日には、決まったルーティンがある。わたしたちはルーティンどおりに過ごすのが好きだ。平日、わたしがハットフォード小学校に行って、パパがJ&R自動車修理工場で働いているあいだ、レインはひとりで留守番をする。パパはJ&R自動車修理工場で仕事のない日は、〈ラック・オブ・アイリッシュ〉に行って、ビールを飲んだりテレビを見たりする。どっちにしても、パパは家にいないから、レインは家でひとりになる。学校が終わると、2時42分にウェルドンおじさんが車で迎《むか》えにきて、わたしを家に連れて帰る。わたしは2

時58分から3時1分のあいだに家に着く。レインとふたりでしばらくポーチにすわって、レインのつま先をなでる。それからレインと散歩をして、そのあと宿題をする。そしてパパと自分の夕飯のしたくをする。それからレインに食事をあげる。

レインの食事は、〈マイ・ペット〉という缶詰《かんづめ》フード（朝に1缶の1／2、夜に1／2）に、同じく〈マイ・ペット〉のドライフードを混ぜたもの。レインがうちに来たばかりのころ、パパは缶詰フードは高いから、ドライフードだけでいいと言った。でも、わたしが野生の犬は肉を食べると言ったら、パパは「それもそうだな」と言った。

レインの食事が終わると、ふたりでパパが帰ってくるのを待つ。パパは〈ラック・オブ・アイリッシュ〉に一日じゅういた日は、機嫌《きげん》が悪いか、機嫌がすごくいいかのどっちかで、J&R自動車修理工場で働いた日は、機嫌が悪いか、ふつうかのどっちかだ。

レインはかしこいから、すぐにはパパに近づかない。わたしの部屋の前に立って、パパが「今日の夕飯はなんだ?」ときくかどうか、ようすを見ている。パパが「今日の夕飯はなんだ?」ときいたら、ひと安心。わたしはパパに食事を出して、レインは人間が食べているあいだ、テーブルのそばでおすわりしている。レインはパパとわたしを見つめながら、ひざをつついて食べ物をねだる。パパの目つきがけわしくなったら、レインはわたしの部屋にもどったほうがいいという合図。

パパが帰ってきて、だまって自分の部屋へ行った日は、レインもわたしもパパに近づかないほうがいい。パパがいらいらしないように、レインをおとなしくさせておかなくちゃならない。

レインもちゃんとわかっていて、パパの足や靴《くつ》には近づかない。

3　わたしのパパ、ウェスリー・ハワード（同音異義語《いぎ》なし）

ウェスリー・ハワードはわたしのパパで、年齢《ねんれい》は33歳《さい》。3月16日の、半月《はんげつ》の日に生まれた。身長は185センチ。片方のほほに長さ4センチの傷《きず》がある。7歳のとき、自転車を外に置きっぱなしにして、父親にシャベルの柄《え》でたたかれてついた傷だ。

パパとわたしの共通点は、子どものころ父子家庭だったことと、ずっと田舎に住んでいること。

パパはJ&R自動車修理工場で自動車修理工をしている。

パパにはきょうだいがひとりいる。わたしのおじ、ウェルドンおじさんで、年齢は31歳、身長は182センチ。おじさんは6月23日、「ストロベリームーン」と呼《よ》ばれる赤い満月の日に生まれた。パパが生まれた時間は午後6時39分、おじさんは午後9時36分。ふたりの生まれた時間は、数字のならび順が逆で、どれも3で割《わ》り切れる数字だ。

パパが21歳のとき、わたしが生まれた。23歳のとき、ママが出ていった。26歳6か月のとき、わたしが幼稚園《ようちえん》に通いはじめた。26歳《さい》7か月のとき、幼稚園のクルーン先生が、ハットフォード小学校はわたしには向いていないかもしれないとパパに言った。

「ハットフォードにほかにも小学校があるとは知りませんでした」と、パパは言った。

「いえ、そういう意味じゃなくて」

ミス・クルーンが伝えたかったのは、わたしはほかの子たちとうまくコミュニケーションがとれないし、ルールを守らない子を見ると大泣きしたり、靴《くつ》や絵本で自分の頭をたたいたりするから、特別な学校や、特殊《とくしゅ》プログラムのある学校に行ったほうがいいということだった。

パパはクルーン先生に、もっとちゃんと指導してほしいと言った。わたしに教えるのは、先生の仕事だって。

「ハワードさん、ローズに合う学校をさがす気はないんですか？」

「どこにそんな学校があるんですか？」

「マウント・カトリーンにいい学校があるんです」

「35キロも離《はな》れた町じゃないですか」

「ええ」

パパは首をふった。「ローズはこの町の学校でじゅうぶんだ」

小学1年生のとき、担任《たんにん》のヴィンセル先生は、校長先生と学校の心理カウンセラーとクルーン先生とパパを呼《よ》んで話しあいをした。わたしはそのあいだウェルドンおじさんの会社で待っていたから、どんな話があったのかは知らない。終わってからパパが迎《むか》えにきて、家に帰った。パパはわたしをゆさぶりながら、「ローズ、おかしなことをするのはやめるんだ」と言った。

そのとき、わたしはローズという名前には同音異義語《いぎ》があることをパパに話した。

2年生のときには、またクルーン先生が担任になった。クルーン先生が幼稚園《ようちえん》で教えるのがいやになって小学校にうつってきたからだ。9月13日の午後、クルーン先生はパパに言った。

「ハワードさん、ローズはこれから毎日何時間か特別支援《しえん》クラスに入るのがいいのではないでしょうか」

ハワードさん（わたしのパパ）は言った。「いいですよ。その特別支援クラスとやらが頭の悪い子向けのクラスじゃないならね」

4年生になるときには、介助員《かいじょいん》のミセス・ライブラーがわたしにつくことになった。パパは、介助なんか必要ないと思うけれど、学校の方針《ほうしん》に従《したが》うと言った。そして、「ローズ、面倒《めんどう》を起こすんじゃないぞ」と言った。

それから、5年生になって、ミセス・ライブラーが週間報告書を作ろうと思いつくまでは、なにもかもうまくいっていた。

ここで、パパの子どものころについて、もうちょっと書いておく。パパは10歳《さい》のとき、腕《うで》に5センチの茶色い傷《きず》がついたまま学校に行った。先生がやけどだと気づいて児童保護サービスに連絡《れんらく》し、その夜のうちにパパの父親は警察《けいさつ》に逮捕《たいほ》された。そのときから、パパとウェルドンおじさんは里親の家庭で暮《く》らすことになった。

ウェルドンおじさんからきいたことがある。

「いつもふたりいっしょに同じ家に引きとられたんだ。離《はな》れ離れにはならなかった。でも、どの家にも長くはいなかったな」

パパが18歳になるまでに、ふたりは7つの家庭で暮らした。

ふたりが住んだ町は5つ。

里親のところでいっしょに暮らした子どもの数は合計32人。

通った学校は9校。

ひとつの家にいちばん長くいたのは21か月。

いちばん短かったのは78日。

去年のある晩《ばん》の6時17分、ふたりで夕飯を食べながら、わたしはパパにたずねた。

「いい人はいた？」

「いい人って？」

「里親のお母さんで」

「ああ、いたよ。ハンナ・ペダーソンだ」

「それはおもしろいわね」わたしはミセス・ライブラーから教わったフレーズを使って会話を続けた。「だって、〈ハンナ〉（HANNAH）っていうスペルは、前から読んでも後ろから読んでも同じだから。わたしの名前はそうじゃないけど、同音異義《いぎ》語があるの」

「ローズ、同音異義語の話はするな」

「里親のところに、気に入った子はいた？」

「ああ」ちょっと間をおいてパパは答えた。

「それはおもしろいわね。じゃあ、同音異義語がある名前の子はいた？」

4　レインが来た日

　ここから、レインが来た日のことを書こうと思う。去年の11月の第3金曜日、つまり感謝祭の前の週の金曜日、わたしはパパが〈ラック・オブ・アイリッシュ〉から帰ってくるのを待っていた。パパが飲みにいっているのはわかっていた。すでに午後7時49分で、J＆R自動車修理工場の仕事が終わる時間を2時間49分すぎていたからだ。その夜はハンバーガーを作ってあって、自分の分はすでに食べていた。わたしは6時45分までには夕飯を食べたいから。デザートはプレミアム・オレンジソーダ味の棒《ぼう》つきアイスで、それも食べ終わっていた。

　キッチンのテーブルで自作の同音異義《いぎ》語のリストを読み返していると、外から入ってきた光がキッチンの壁《かべ》をぐるっとまわって、車の音が近づいてきた。パパの車だ。そして、ドアをしめる音がした。それからもう一度、同じ音がしたから、パパがサム・ダイアモンドを連れてきたんだろうと思った。サムは〈ラック・オブ・アイリッシュ〉での飲み友だちで、ときどきうちに来て、リビングのソファーで寝《ね》ることがある。

すぐに玄関《げんかん》ポーチで足音がして、クーンという声がきこえた。これまでサム・ダイアモンドがそんな声を出すのはきいたことがない。

わたしはすわったまま玄関のドアを見ていた。

パパがポーチから窓《まど》をあけてさけんだ。

「ローズ、なにをぼけっとすわってるんだ。手を貸してくれ」

サムに手を貸すのはいやだったから、玄関の内側のドアだけあけて、外側の網戸《あみど》はしめたまま外を見た。雨が降《ふ》っていて、ポーチに立つパパは、左手に太いロープをもっていた。そして、ロープの先には1匹《ぴき》の犬がいた。車に乗ってきたのは、サム・ダイアモンドじゃなくて犬だった。

犬はずぶぬれで、首にはロープが巻いてある。

「どこで見つけたの?」

「〈ラック・オブ・アイリッシュ〉の裏手《うらて》だ。犬をふくタオルをもってきてくれ」

「その犬、オス、メス、どっち?」

「メスだ。タオルは?」これはパパが催促《さいそく》するときの言い方だ。ぬれた犬をふくタオルをとってこなくちゃならない。

「白いタオルじゃだめだ。泥《どろ》だらけだからな」

わたしは緑色のタオルを窓《まど》から渡《わた》して、網戸《あみど》をしめたまま、パパが犬の足や背中《せなか》をふくのを見ていた。

「この犬はおまえにやる。うちで飼おう」

「首輪がついていないよ」

「だから、おまえのものだ。迷い犬だからな」

「でも、飼い主さんをさがさなくていいの？　飼い主さんが帰りを待っているかも」

「首輪もつけないくらいだから、ろくな飼い主じゃないに決まってる。それに、どうやって飼い主をさがすんだ？　首輪がないから、連絡《れんらく》先もなにもついてないんだぞ」

「この犬、プレゼントなの？」

「えっ？」パパは犬をふいていた手をちょっととめた。「そうだ、ローズ、おれからおまえへのプレゼントだ」

これまで、パパからプレゼントをもらったことはあまりない。

パパがタオルでふいているあいだ、犬はおとなしく立っていた。パパがタオルを差しだすと、前足を片方あげる。もう片方も。それから、わたしをじっと見て、額を少し動かした。息がハアハアいっている。ハアハアいうと口が横に広がって、笑っているように見える。

「よし、ふき終わった。中に入っていいぞ」

パパが犬に声をかけて網戸《あみど》のドアをあけてやると、犬はリビング（キッチンの横のせまいスペース）に入ってきて、わたしの足によりかかった。

わたしが見おろしていると、犬はこっちを見あげた。

「なでてやるといい。ふつうの人は犬をなでるんだ」

なでてみると、レインは目をとじて体を押《お》しつけてきた。

「名前はどうする？」パパが言った。

「レインにする。パパが雨《レイン》の中で見つけたし、レインって2つも同音異義《いぎ》語がある特別な言葉だから」

「いい名前じゃないか、ローズ。で、ありがとうは？」

「ありがとう」

その夜、レインとわたしはいっしょに寝《ね》た。それから毎晩《まいばん》、レインとわたしはいっしょに寝ている。

5 送り迎《むか》えの話

わたしは毎日、ウェルドンおじさんに学校に送り迎えしてもらっている。どうしてかというと、スクールバスに乗せてもらえなくなったから。そして、それをきいたパパが、自分は送り迎えできないと言ったから。「ローズ、スクールバスからしめだされるなんて、なにをやらかしたんだ？　朝は修理工場に行くのに、おまえを学校に送っていくなんて無理だろ？　それに、午後は仕事中なのに、どうやって迎えにいけって言うんだ？」

修理工場の仕事がない日もけっこうあるけれど、パパはそういう日は朝遅《おそ》くまで寝《ね》て、それから〈ラック・オブ・アイリッシュ〉に行くのがお決まりになっている。

「ぼくがローズの送り迎えをしてもいいよ」ウェルドンおじさんが言った。

おじさんは建設会社で働いている。おじさんのやっている仕事を、パパは軟弱《なんじゃく》仕事と呼《よ》び、おじさんはデスクワークと呼ぶ。工事現場で働くのではなく、コンピュータの前にすわってする仕事だ。仕事は9時からだから、勤務《きんむ》先のジーン建設会社に行く前に、わたしを学校に送っていける（学校に着くのは8時42分）。おじさんは、午後2時42分に学校にわたしを迎《むか》えにいくために、ランチタイムを午後にずらせないか上司にきいてみると言った。

ウェルドンおじさんは送り迎えの話を切りだしたとき、パパをまっすぐに見ていなかった。おじさんと、パパと、レインと、わたしは玄関《げんかん》ポーチにいて、おじさんは話しているあいだずっとハド通りに目をやっていた。

わたしは、パパが「送り迎えくらい自分がやる」と言うだろうと思っていた。でも、パパはたばこに火をつけて、だまってハド通りを見ていた。

それで、わたしも通りを見ながらパパにきいた。

「パパのお父さんは学校の送り迎えをしていたの？」

「送り迎えなんていらなかった。おれはバスからしめだされたりしなかったからな。なんでおれの親父のことなんてきくんだ？」

そうきいたのは、パパがいつも、自分は親父のようにはならないと言っているからだ。どんなに苦労しても、自分ひとりでわたしを育ててみせると。それで、パパはあまりウェルドンおじさんに助けを借りたがらない。だから、おじさんもすごく気をつかいながら話している。パパは、おじさんが子育てに干渉《かんしょう》したら二度とわたしに会わせないぞと言っている。もしそんなことになったら、おじさんもわたしもすごく悲しい。

「わからない」わたしは言った。

わたしはパパがポーチに置いた古いソファーにすわっていて、となりにレインが寝《ね》そべっている。レインは寝返りを打って、わたしのひざに頭をのせた。

「きいておきながら、なんできいたのかわからないって言うのか？」

「うん」

ウェルドンおじさんがパパに言った。

「なあ、ぼくが送り迎《むか》えをするってことで、いいじゃないか」

「パパが悪い父親だなんて、だれも思わないよ」わたしは言った。

おじさんはぎょっとして、ハド通りを見ていた目をわたしにうつした。「もちろんだ。そんなつもりで言ったんじゃない」

「まあいい。そうするしかなさそうだな」パパは言った。

こうして、おじさんはわたしをハットフォード小学校へ送り迎えすることになった。毎朝、わたしはレインとポーチにすわって、おじさんが〈シボレー・モンタナ〉という黒いピックアップトラックでハド通りをやって来るのを待つ。その車が見えると、レインの頭にキスをして、家の中に入れる。そして、おじさんのとなりの席によじのぼって、前の日に新たな同音異義語《いぎ》を思いついたかどうか話す。

思いついた日は、おじさんは「すごいな！」と言う。それからふたりでほかの同音異義語をさがす。たとえば、〈花《フラワー》〉と〈小麦粉《フラワー》〉、〈痛み《ペイン》〉と〈窓ガラス《ペイン》〉など。

同音異義語の話をしたあとは、ふたりともしばらく窓《まど》の外を見ている。それからおじさんが言う。「パパもレインも変わりないか？」

いちばん簡単《かんたん》な返事は「うん」。話すことがなければ、それ以上なにも言わない。

ときどきおじさんは、「ローズ、今度の週末、いっしょに映画を見にいかないか？」とか、「土曜日にレインを連れてハイキングに行こうか？」とか言う。そういうとき、わたしたちはどうやってパパの許しをもらうか考えなくちゃならない。

そのうち、ハットフォード小学校の前に着く。わたしが車をおりる前に、いつもふたりで指をクロスして胸《むね》に当てる。


授業が終わると、学校の正面玄関《げんかん》のところに立っておじさんを待ちながら、7番のスクールバスの列を見ている。前はいっしょにバスに乗っていた子たちだ。わたしはマンティ・ソダーマンのそばには立たないようにしている。マンティは手の爪《つめ》がひとつなくなっていて、いつも重いブーツをはいている。それにふまれると、ものすごく痛《いた》い。わたしはバスの列から離《はな》れて立って、ハミングしながらまっすぐに前を見ておく。そうすれば、おじさんの車が学校の通りに入ってきたのがすぐにわかるから。

わたしが車にかけよると、おじさんはにっこりしながら運転席から身を乗りだして、ドアをあけてくれる。

ときどきわたしたちはこんな話をする。

ウェルドンおじさん「学校はどうだった?」
ローズ・ハワード「きのうと同じ」
ウェルドンおじさん「きのうとまったく同じ?」
ローズ・ハワード「ううん。それはありえないよ」
ウェルドンおじさん「今日は、きのうとは日にちがちがうからね」
ローズ・ハワード「それに、月も星もきのうと位置がちがう」

ウェルドンおじさん「今日勉強したことで、いちばんおもしろかったのは？」
ローズ・ハワード「WELDON《ウェルドン》の文字に番号をつけると、Wはアルファベットの23番目だから23なの。Eは5で、Lは12で、Dは4で、Oは15で、Nは14。これを全部足すと73。さて、73はどういう数字でしょう？」
ウェルドンおじさん「素数？」
ローズ・ハワード「そう！　これって、同音異義《いぎ》語と同じくらいすごいことなの。パパの名前も素数なんだ。W《ウ》－E《ェ》－S《ス》－L《リ》－E《ー》－Yは全部足すと89だから」
ウェルドンおじさん「ほんとに？」
ローズ・ハワード「うん。パパは興味ないだろうけど」
ウェルドンおじさん「ああ。兄弟ふたりとも素数の名前だなんて、すごいな。ローズとレインは同音異義語のある名前だしね。これで、みんな特別な名前だってことだ」
ローズ・ハワード「土曜日におじさんのところに行くって言ったら、パパは許してくれるかな。同音異義語のリストがいっぱいになってるから、書きなおしたいんだけど」
ウェルドンおじさん「ぼくから言おうか？」
ローズ・ハワード「うん。でも、行ってもいいかだけきいて。リストのことは言わないで」

ウェルドンおじさん「なんとかやってみるよ」

ふたりで指をクロスして胸《むね》にタッチしてから、わたしは手をふっておじさんにバイバイする。

6　わたしがバスに乗らないわけ

前は、わたしは7番のスクールバスに乗っていた。7番のバスは14か所のバス停にとまる。14は7の倍数だから、いい数字だ。わたしは7番のルートで2番目のバス停で乗り降《お》りする。同じバス停で乗り降りする子はだれもいない。そのあとの12か所のバス停から乗ってくる子たちは、空いた席をさがしながら通路を歩くけれど、わたしのとなりはみんな素通りする。パンド通り11番地（素数）に住んでいるマーニー・メイヒューは、紙をくちゃくちゃかんで丸めたものを、歩きながらわたしに投げたりする。わたしはじっと前を見ているから、顔に当たった紙は床《ゆか》に落ちる。ウィルソン・アントネッリはそれを見ると近づいてきて、「拾えよ、バカ。ゴミ、落とすなよ」と言う。

運転手のミセス・リングウッドは、バス停にとまるたびに大きなミラーで後ろを見て、みんながちゃんとすわるのを待つ。それからドアをしめてギアを入れ、出発する。わたしは窓《まど》の外を見て、みんなが交通ルールを守っているかチェックする。車の運転にはたくさんのルールがあって、ニューヨーク州の交通ルールのマニュアルにきちんと書かれているのに、ルールをやぶる人がすごく多い。

「あっ！　あの人、ウィンカーを出さずに角を曲がった！　ミセス・リングウッド、見たでしょ？　あの人、ルールをやぶった」

わたしがさけぶと、ミセス・リングウッドは返事をすることもあるけれど、だまって前を見ていることもある。それは、その日のミセス・リングウッドとわたしの席の距離《きょり》による。

雨の日はたいへんだ。ワイパーを動かすときはヘッドライトもつける、というルールがあるから。

「ミセス・リングウッド！　ワイパーが動いてるのに、ヘッドライトが消えてる車が3台も！」

わたしがさけぶと、マーニーはクスクス笑いだし、ウィルソンは席から身を乗りだして携帯《けいたい》電話を差しだした。

「じゃあ、警察《けいさつ》に電話すれば？」

「ルールは守らなくちゃ！　あの人たち、ルールをやぶってる！」

ある日、わたしはバスのいちばん前の席にすわったので、ミセス・リングウッドの運転がよく見えていた。サンデー通りと9W号線の交差点に近づいたとき、ミセス・リングウッドはスピードを落として、「とまれ」の標識の横をゆっくり通りすぎた。

「ミセス・リングウッド！　ちゃんととまってなかった！　ミセス・リングウッド、ルール違《い》反《はん》よ。完全にとまることってマニュアルに書いてあるの。完全にって」

ミセス・リングウッドは９Ｗ号線に入った。「ローズ、そのくらいいいじゃないの」

「ミセス・リングウッド、ヘッドライトはつけてる？」

丸めた紙が飛んできて首の後ろに当たった。

「あっ、シートベルトなしで運転してる人がいる！　ミセス・リングウッド、見た？」

ハットフォード小学校の前の通りに入った。ミセス・リングウッドはハンドルを右に切ってバスレーンに入ろうとした。

「とまって！　ミセス・リングウッド、今すぐとまって！」

ミセス・リングウッドは急ブレーキをかけた。「どうしたの⁉」ミセス・リングウッドは立ちあがって、バスの外を見た。後ろの生徒全員が、なにごとかと窓《まど》ぎわに押《お》しよせて、まわりの車も急停止していた。

「ウィンカーを出さなかった。ルール違反よ」

ミセス・リングウッドは運転席にすわって、ハンドルに額を押しつけた。それからふりかえって、「ふざけないで」と言った。学校に着くと、ミセス・リングウッドは校舎に入っていって校長先生と話をした。

そういうわけで、わたしは今はスクールバスに乗っていない。

7　授業中のできごと

わたしのクラスの教室は南東向きで、窓《まど》がずらりとならんでいて、生徒21人分の机《つくえ》とクシェル先生の机がある。わたしの机のとなりにはミセス・ライブラーのいすがひとつあって、通路をふさいでいる。

クラスには女子が11人、男子が10人、スナネズミが2匹《ひき》いる。

教室のドアの横には、クラスのルールを書いた厚紙が貼《は》ってある。

担任《たんにん》のクシェル先生はリンゴのにおいがする。先生には、夫と、E《エ》-D《デ》-I《ィ》-E《ー》という素数の名前（23）の6歳《さい》の娘《むすめ》がいる。

今年の春、わたしを受けもつことが決まったとき、クシェル先生はパパと面談をした。そのときパパは言った。「ローズにはなにも問題はありませんよ」

クシェル先生は、わたしが家でかんしゃくを起こしたらどう対応しているかたずねた。

「ローズはぼくがそばにいるときは、かんしゃくなんか起こしませんよ。かしこい子なんで

――いや、冗談《じょうだん》ですけどね、ははっ」

なんで知っているかというと、学校のカウンセリング室の外の待合室から、中の話がぜんぶきこえたから。わたしは、きかないほうがいいこともきこえるし、ほかの人にはききとれない音もきこえる。聴覚《ちょうかく》がとても敏感《びんかん》だからだ。これはわたしが高機能自閉症《じへいしょう》と診断《しんだん》された理由のひとつでもある。冷蔵《れいぞう》庫の音が気になるし、クシェル先生のノートパソコンのブーンという音も気になる。ある日、わたしは両手で耳をふさいで言った。

「集中できない！　それ消してください！」

「えっ？　なにを消すの？」ミセス・ライブラーがたずねた。

「わたしはクシェル先生にパソコンの電源《でんげん》を切ってほしいです」

わたしはミセス・ライブラーから教わったとおりに、はっきりと言った（わたしがパニックになると、ミセス・ライブラーは「ローズ、どうしてほしいか、はっきり言ってちょうだい」と言う）。

「どうして？」前の席のジョシュ・バーテル（身長147センチ）がたずねた。

「ブーンって音がするから！」

「そんな音、きこえないよ」とジョシュ。

「ローズ、落ちついて」とミセス・ライブラリー。

カタカタいう音も、ブーンという音も、ささやき声も、わたしにはきこえる。ドアが少しでも開いていたら、カウンセリング室の話し声がきこえる。


新学期に入ってクシェル先生がわたしの担任《たんにん》になってから、25日たった。

25日目の午後、クシェル先生はクラスのみんなに言った。

「今日はおもしろい課題を出しましょう。ペットについて作文を書いてもらいます」

「わたし、ペットは飼ってません」フロウが言った。〈フロウ〉は〈流れる《フロウ》〉と〈浮氷《フロウ》〉、2つも同音異義語があって、覚えやすい名前だ。

クシェル先生はほほえんでいる。これは、フロウに口をはさまれても気にしていないという合図だ。

「だいじょうぶ。どんなペットでもいいの。ペットを飼っていない人は、想像上のペットのことを書いてもいいし、よそのペットのことでもいいのよ」

クシェル先生は紙を配った。わたしはえんぴつをとって、しばらく教室のドアを見つめていた。

「どうしたの？」ミセス・ライブラリーに声をかけられた。

「考えているの」わたしはふり向かずに返事をした。

そしてレインのことを書きはじめた。クシェル先生からきいたテーマや、ミセス・ライブラリーに同音異義語《いぎ》のことばかり書かないよう言われたことを思いだしながら。

「時間です」クシェル先生が21分30秒後に言った。「だれか読んできかせてくれる？　書き終わってない人は書いたところまででいいわ。あとは家に帰ってから仕上げてね」

女子3人と男子2人が手をあげた。フロウが先生に当てられて、想像上のペットについての作文を読んだ。それはニワトリ《チキン》とプードルが合体した〈チキプー〉というペットの話だった。チキプーは、「コケコッコー」や「ワンワン」ではなく、「ワンコッコー」と鳴くという。みんな笑っていたけれど、わたしはチキプーの名前のアルファベットの数字を計算していた。素数じゃないから、すごくいい数字だとは言えない。

つぎに作文を読んだのはジョシュ・バーテル。ジョシュは4匹《ひき》のネオンテトラという熱帯魚のことを書いていた。「去年の夏、ママが妹とぼくに熱帯魚を4つ買ってくれました」

そこでわたしはさけんだ。「クシェル先生！　ジョシュは文法のルールをやぶりました。〈4

つ〉はまちがいです」

「ローズ、人の話は最後まできましょうって、話したことがあったわよね？」

「でも、〈4匹《ひき》〉が正しいんです。魚なのに〈4つ〉はまちがいです」

「ローズ、そういうコメントは、ジョシュが読み終わってから言いましょう」

ジョシュが先を読みだすと、ミセス・ライブラーが小声で言った。「それとね、まずジョシュによかったところを言って、まちがいを指摘《してき》するのはそのあとにしましょうね」

わたしは机《つくえ》に頭を押《お》しつけた。

「ローズ？」ミセス・ライブラーがささやいた。

わたしは頭をあげずに言った。「ジョシュは文法のルールをやぶった！」涙《なみだ》があふれてきた。

「ローズ――」

「クシェル先生は9月17日の授業でそのルールを説明したのに！」わたしは両腕《りょううで》で頭をかかえてさけんだ。

「ちょっと廊下《ろうか》に出ましょうか？」

わたしが勢いよく立ちあがると、いすが倒《たお》れて、後ろのモーガンの机に強く当たった。

「ちょっと！」モーガンがさけんだ。

わたしは頭の右側を手首でたたいた。1、2、3、4回。

ジョシュはネオンテトラの作文を読みつづけていたけれど、ほとんどの子がわたしを見ていた。

「いらっしゃい」ミセス・ライブラーはわたしを廊下《ろうか》へ連れだした。

「気持ちを落ちつけましょう」

このことが週間報告書に書かれて、パパがそれを読むところが頭に浮《う》かんだ。

8　いつもそばにすわるミセス・ライブラーのこと

ミセス・ライブラーは、ほとんどいつもわたしのそばにいる。クシェル先生の授業中は席の横にすわっているし、トイレや校庭にもいっしょに行く。ハットフォード小学校の5年生で介助員《かいじょいん》がついている生徒は、わたしだけ。ということは、ほとんどの5年生には介助が必要ないらしい。それでも、これまでに2度、クラスの子たちがクシェル先生に「ローズだけ特別あつかいでずるい」と言っているのをきいたことがある。ひとりめはレノーラ・テデスコで、ふたりめはジョシュ・バーテルだ。

昼休みにカフェテリアに行くときも、ミセス・ライブラーがとなりにすわって、いっしょにランチを食べる。わたしは毎日ランチに同じものを買う。リンゴと、ツナサンドと、牛乳《ぎゅうにゅう》。ミセス・ライブラーはお弁当をもってくる。中身は毎日ちがう。サンドイッチだったり、ヌードル（ミセス・ライブラーはパスタと呼《よ》ぶ）や、骨《ほね》つきチキン、サーモン、ライス、野菜など、前の晩《ばん》の残りものだったりする。いつもミセス・ライブラーは「ローズ、これ食べてみない？」ときくけれど、わたしは断っている。いつもとちがうものを食べるのはいやだから。

毎週月曜日、ミセス・ライブラリーはクラスの中からその週わたしといっしょにランチを食べる〈ランチ・メイト〉をふたり選ぶ。みんなに同じ回数だけランチ・メイトの役がまわるように、ちゃんと記録もつけている。みんなはランチ・メイトに選ばれてもなにも言わない。

カフェテリアでミセス・ライブラリーはわたしの後ろにならぶ。わたしがリンゴとツナサンドと牛乳《ぎゅうにゅう》を買うと、いっしょにテーブルにつく。ランチ・メイトの子たちもすぐに自分の食べ物をとってきて、いっしょにすわる。

今日は月曜日。今週のランチ・メイトは、フロウとアンダースだ。F-L-O《フロウ》は3で割《わ》り切れる名前（33）の女子、A-N-D-E-R-S《アンダース》は素数の名前（61）の男子。

「ローズ？」ミセス・ライブラリーにうながされて、わたしはリンゴをかじるのをやめて、ふたりに話しかけた。

「わたしの家は北東を向いているの。あなたの家はどの方角を向いている？」

ミセス・ライブラリーが顔をしかめるのを見て、話すときは相手の目を見るように言われていることを思いだした。それで、テーブルから身を乗りだして、相手の目をしっかり見ながらもう一度言った。

「あなたの家はどの方角を向いているの？」

フロウはちょっとへんな顔をして、体を後ろに引いた。

「うーん、わかんない」フロウはパスタの容器をあけようとしているミセス・ライブラーに目をやってから、アンダースのほうを向いて、目をぐるりと回した。

アンダースもフロウに目をぐるりと回してみせた。「ぼくもわかんない」

わたしはちょっと考えてから、アンダースにきいた。

「自分の家がどの方角を向いているかわからないってこと？　それともフロウの家がどの方角を向いているかわからないってこと？」

アンダースは口をぎゅっとつぐんでいる。たぶん笑いをこらえているんだ。

「両方とも。方角なんてわかんないよ」

ミセス・ライブラーがブラウスにパスタをこぼして、さっと立ちあがった。「ちょっと失礼するわね。すぐもどるわ」

わたしたちだけになると、フロウがたずねた。

「あなた、なんで方角にこだわるの？」

こういうときなんて答えればいいか、ミセス・ライブラーに教わったことがない。それでわたしは言った。

「〈あなた《ユー》〉には同音異義《いぎ》語が2つあるの。植物の〈イチイ《ユー》〉と〈メスの羊《ユー》〉よ」

「へえ、それはすごいね」アンダースが言った。

フロウはくすくす笑いだした。「ねえ、もっと同音異義語のこと教えて」

わたしはリンゴを下に置いた。

「わたしは同音異義語のリストを作ってるの。でも、略語はリストには入れないルールなの」

「ふうん、そうなんだ」フロウが言った。

ミセス・ライブラリーが紙ナプキンをたくさんもって、テーブルにもどってきた。

「ミセス・ライブラリー、ミセス・ライブラリー！　わたし、フロウとアンダースに同音異義語のリストのことを話していたの」

ミセス・ライブラリーはメガネの上からわたしを見た。「話題を変えましょうか。同音異義語の話からは離《はな》れたほうがいいわ。たとえば——」

ランチ・メイトの前でミセス・ライブラリーに話題の提案なんてしてほしくなかった。わたしはちょっと泣きたくなったけれど、泣かなかった。自分の頭をたたくのもがまんした。そのかわりに、「わたしはレインっていう名前の犬を飼っているの」と言った。そして「あなたたちにはペットがいる?」ときこうとして、作文の授業でフロウが話したチキプーのことを思いだした。

「フロウのチキプーはワンコッコーって鳴くんだったよね。レインは〈マイ・ペット〉っていうドッグフードを食べているの。チキプーはなにを食べるの？」

フロウはまた笑ったけど、こんどは本気で楽しいみたいだ。

「覚えててくれたんだ！」

フロウはしばらく考えてから言った。

「ええと……チキプーが食べるのは、チッグフードよ」

「チッグフード⁉」アンダースが声をあげた。

「ああ、チキンとドッグだからチッグね」わたしは言った。

アンダースが笑いだし、ミセス・ライブラリーも笑った。さっきまでの悲しい気持ちは消えて、ミセス・ライブラリーが話題を変えてくれてよかったと思った。この気持ちは、ウェルドンおじさんが学校の送り迎《むか》えをするって言ったときのパパの気持ちと同じだ。パパはおじさんが送り迎えをしてくれるのはうれしかったくせに、おじさんのほうが先にそれを思いついたことに怒《おこ》っていたから。

9　アンダースがルールをやぶった話

クシェル先生が担任《たんにん》になって32日目の算数の時間、ミセス・ライブラリーのバッグから携帯電《けいたい》話のブーンという音がしていたけれど、わたしはだまってプリントを2枚《まい》やった。最後の問題を終えて、ミセス・ライブラリーに目を向けた。

「すごいわ、ローズ。今日はしっかり集中していたわね」

時計を見ると、授業が終わるまであと4分あった。

「ピザ・ゲームをしてもいい？」

算数で時間があまると、わたしはいつもピザの模型《もけい》を使う算数ゲームをする。それはミセス・ライブラリーも知っている。ミセス・ライブラリーは算数ゲームが置いてある棚《たな》を見た。

「棚にないから、だれかが使っているようね。ほかのゲームだったら、なにがいい？」

「ほかのはいいや。ピザ・ゲームが空くのを待つ」

わたしは席についたまま、じっと待った。しばらくして立ちあがって、ゲームがどこにあるか教室を見まわした。

「あった！　ミセス・ライブラー、アンダースの机《つくえ》の上にある。マーティンとしゃべってて、ゲームは使ってないのに」

「落ちついて、ローズ。使わせてって言えばいいのよ」

「使っていないなら、棚《たな》にもどさなくちゃいけないのよ！」わたしは教室のドアの横にクシェル先生が貼《は》ったルールの厚紙を指さした。「見て！　ルール6。〈ゲーム、道具、美術教材、本は、使いおわったらすべて元の場所にもどすこと〉って書いてある。アンダースはルールをやぶった！」

「わざとじゃないと思うわ」

「ルールをやぶったのに、どうして怒《おこ》られないの？」

「あとでクシェル先生が注意するから、いいのよ」

アンダースがこっちを見ている。クラスのほとんどの子がわたしを見ている。アンダースはわたしにピザ・ゲームを差しだした。

わたしは受けとらなかった。

「こんなのいや」わたしはミセス・ライブラーに言った。「わたし、ゲームが空くのを待ってたのに、もう算数の時間が終わっちゃった」

「ローズ、ごめん」アンダースがあやまった。

わたしは算数のプリントをつかんで、爪《つめ》で穴をあけた。

「ローズ、プリントをこっちにちょうだい」ミセス・ライブラーが言った。

わたしは泣きだした。「ちゃんと待っていたのに」

「そうね、でも、せっかくプリントをやったんだから、やぶかないで。プリントはこっちにちょうだい。廊下《ろうか》に出て気持ちを落ちつけましょう」

ミセス・ライブラーはクシェル先生の机《つくえ》にプリントを置くと、わたしを廊下に連れだした。

教室を出るとき、わたしはルールの厚紙に指をつきつけてさけんだ。「ルール6！　ルール6！」

10 レインが学校に来た日

クシェル先生が担任《たんにん》になって33日目、黒いピックアップトラックに乗ったウェルドンおじさんが、8時16分にうちに来た。おじさんは玄関《げんかん》ポーチにすわっているレインとわたしを見ると、窓《まど》から左手を出してふった。それから顔も出した。

「ローズ！　今日はレインも乗せていこう。仕事が休みだから、日中レインを預かるよ」

レインを連れていくなんて、いつものルーティンとはちがう。わたしはポーチに立って、レインを見おろした。

「おいで！」おじさんが呼《よ》んだ。「今日はぼくがレインと遊ぶんだ。レインはさびしい思いをしないですむ」

「わかった」

パパはもう修理工場に出かけていたから、わたしは玄関の鍵《かぎ》をかけて、レインを車に連れていった。レインはおじさんとわたしのあいだにすわった。

車が28号線の〈コーヒー・カップ〉という店の前を通りすぎたとき、おじさんが言った。

「〈8《エイト》〉と〈食べた《エイト》〉は、ローズの同音異義語《いぎ》のリストに入ってる？　きのうの夜、思いついたんだ」

「うん。わたし、その組み合わせ、すごく好き」

レインは足を1本わたしのひざにのせている。わたしはその足先をなでた。

「おじさんとレインは今日なにをするの？」

「ぼくが薪《まき》を積んでるあいだ、レインは庭で走らせておくよ。それから散歩にでも行こうかな」

「わかった」

いつものルーティンどおりじゃないけれど、レインがおじさんと楽しく過ごせるならいい。

学校の前の通りまで来ると、おじさんは「行ってらっしゃい。2時42分にレインといっしょに迎《むか》えにくるからね」と言って、降車《こうしゃ》レーンに入って車をとめ、わたしの前に身を乗りだしてドアをあけた。

「バイバイ」車からおりる前、おじさんとわたしは指をクロスして胸《むね》に当てた。

わたしは校舎の入り口で待っているミセス・ライブラリーのところに走っていった。

「おはよう、ローズ！」

ふたりならんで教室へ急いだ。教室でセーターをフックにかけて、リュックから宿題を出していたら、フロウが声をあげた。

「わあ！　犬だ！」

フロウが教室の入り口を指さしている。わたしはふりかえってそっちを見た。

ルールの厚紙が貼《は》ってある下に、レインが立っていた。

「レイン！　どうしてここにいるの？」

「ローズの犬？」アンダースがきいた。

レインはわたしに気づいて、席まで走ってきた。

「うん」

「じゃあ、作文に書いてた犬？」ジョシュ・バーテルがきいた。

「うん」

「どうしてここにいるの？」フロウがきいた。

わたしは首をふった。「わたしを追ってきたんだと思う」

きっと、ウェルドンおじさんが車のドアをしめる前に飛びおりたんだろう。

「でも、どうしてローズのいる場所がわかったの？　ローズが来てから、もう2分くらいたってるでしょ」パルヴァーニが言った。

「においをたどってきたの」

わたしは床《ゆか》にすわりこんでレインを抱《だ》きしめた。レインはわたしの額をなめて、おすわりした。

フロウが「かわいいね！」と言って、いっしょに床にすわった。「ねえ、さわってもいい？」

「うん」

フロウが背中《せなか》をなでると、レインはうれしそうな顔をした。

ジョシュが「何歳《さい》？」と言いながら床にすわった。教室の床に人間3人と犬1匹《ぴき》がすわっている。

「わからないの。パパが雨の夜に見つけてきたんだ。だから歳《とし》はわからないの」

「じゃあ、保護犬ってこと？」アンダースがたずねた。

答える間もなく、パルヴァーニが言った。「においをたどってきたって、どういうこと？」

「すごく鼻がいいの。犬はみんなそうだけど、レインはとくに鼻がいいと思うの」

みんながまわりに集まってきていた。ミセス・ライブラーとクシェル先生まで。5人の子がいっしょになってレインをなでている。

そのとき、ウェルドンおじさんの声がきこえた。

「あのう――ああ、よかった。レイン、ここにいたのか！」

教室の入り口におじさんがいた。

「レインがわたしのにおいをかぎあてたの」

「それはびっくりだな。ローズが車をおりたあと、ついていきたがってね。押《お》さえてたんだが、ドアをしめようと手を放したすきに、飛びおりてしまったんだ」

おじさんはクシェル先生のほうを向いた。

「すみません。おさわがせして。今朝レインを車に乗せていこうと言いだしたのはぼくなんです」

クシェル先生はにっこりした。「だいじょうぶですよ」

「レインの鼻はすごいね」フロウはそう言ってレインの鼻をなでた。

「いいなあ、ローズ」とパルヴァーニ。

クシェル先生はみんながレインをなでるのを見守っていて、3分半たってから声をかけた。

「はい、みなさん、授業を始めますよ。レインにさよならしてちょうだい」

ウェルドンおじさんは、ポケットに入れていたリードをレインの首輪につけて、廊下《ろうか》に連れだした。

「バイバイ、レイン！　バイバイ、レイン！」クラスのみんなが言った。

その日のお昼は、カフェテリアでランチ・メイトとのおしゃべりがはずんだ。

11　同音異義《いぎ》語の話

クラスで同音異義語に関心のある子はわたしだけだ。だれも同音異義語をおもしろいとは思わないらしい。

でも、わたしは同音異義語を見つけると楽しいし、わくわくする。それで同音異義語のリストを作るようになった。リストはとても長くて、今では紙4枚《まい》分になっている。アルファベット順のリストで、新しい同音異義語を見つけたら書きたせるように、それぞれのアルファベットのあいだにスペースを空けてある。でも、そのスペースがうまったあとで、さらに同音異義語を見つけたら、そのページから先を全部書きなおさなくちゃならない。泣きたくなることもある。だって、まちがえずに完璧《かんぺき》に書かなくちゃならないから。もし書きまちがえたら、またやり直さなくちゃならない。この前、クラスメイトのジョシュ・バーテル（身長１４７センチ）に言われた。

「ローズ、リストなんてパソコンで作ればいいんだよ。そうすれば、いつでも好きなところに書きたせる。パソコンなら簡単《かんたん》にスペースを増やせるから、書きなおさなくてすむよ」

でも、うちにはパソコンがない。携帯《けいたい》もデジカメもｉＰｏｄもＤＶＤもない。パパはそういうものは高いし、必要ないと言っている。そもそも買う余裕《よゆう》もないし、それにいったいだれが使うんだ？　って。


クシェル先生が担任《たんにん》になって34日目、ジョシュ・バーテルが言った。

「ローズ、なんでわざわざ自分で同音異義語《いぎ》を見つけたいの？　だって〈ジャニス・ジョイナーの同音異義語リスト〉にいくらでものってるし、インターネットで〈同音異義語〉って検索《けんさく》すれば、すぐにリストが出てくる。どんどん見つかるよ」

わたしはちょっと考えた。

ジョシュの提案には、２つ問題がある。
１　前にジョシュがパソコンでリストを作ればいいと言ったとき、うちにはパソコンがなかった。そして今もない。

2　わたしの同音異義語《いぎ》のルールのひとつに、自分で見つけたものだけ、というのがあって、ほかの人が作ったリストから書きうつしても意味がない。自分でリストを作りたい。

でも、わたしはジョシュの目を見つめて言った。

「同音異義語に興味をもってくれて、うれしいな」

12　ママが置いていったもの

学校が終わったあとのわたしのルーティンは、2時42分にウェルドンおじさんが迎《むか》えにきて、2時58分から3時1分のあいだに家の前でおろしてもらう。ドアをあけるとレインが飛びはねながら出迎えて、わたしの手や顔をなめる。ほえることもある。たいていそのあと、ふたりでしばらく玄関《げんかん》前のポーチにすわってすごす。ただし、雨の日や寒い日はポーチにすわらない。

クシェル先生が担任《たんにん》になって35日目。その日はポーチにすわらなかった。霧《きり》が出ていて寒かったから、6分30秒間だけ散歩した。引き返そうとすると、レインがリードを引っぱった。もっと散歩したいのはわかるけれど、地面がぬかるんでいるから無理だ。

庭までもどってから、しぶしぶついてきたレインに言った。

「今日はあの箱の中を見るの」

その箱は、クローゼットの中の棚《たな》にしまってある。もとは帽子《ぼうし》の箱で、ふたに白いサテンのひもがついている。ひもがほつれているから、箱もひもも古いんだと思う。箱はもともと青い色だったのに、色あせて今ではうすい灰色《はいいろ》になっている。

箱には、わたしのママが家を出ていくときに置いていったものが入っている。わたしが中身を見ても、パパは怒《おこ》ったりしない。だから、4か月に1回くらい、つまり1年に3回（4×3＝12）、箱の中を見る。

いすをクローゼットまで引きずっていって、高い棚《たな》からそっと箱をおろして、キッチンのテーブルに置く。あける前に、なにかママの手がかりがないか外側をじっくり見る。でも、手がかりなんてない。箱はいつもと同じ。ちがうのは、色が前よりさらにあせて、ひもがさらにはつれていることくらい。ママが箱になにか書いていたらよかったのに。〈わたしの大切なもの〉とか、〈ローズへのプレゼント〉とか。〈宝物《たからもの》〉だけでもいい。でも、そういう言葉や手がかりはなにもない。ママがこの箱を使っていたのか、それともパパがママのものを入れておくのに使っているだけなのか、それもわからない。パパは今はもう、箱のことも中身のことも話さなくなったから。

ひもをずらしてふたをとり、いつもと同じものをながめる。そして、ひとつずつ箱から出して、テーブルに左から順にならべていく。いつも最初に出すのは、銀色の鳥の巣のペンダントだ。巣の中にはイミテーションの真珠《しんじゅ》でできた鳥の卵《たまご》が3つぶ入っている。このペンダントからママについてわかることは？　たぶん、鳥が好き。それか、鳥の巣が好き。または鳥の卵が好き。

つぎに貝がらをとりだす。茶色い円すい形の貝で、タケノコガイという名前だ。ママはタケノコガイも好きらしい。ママは、鳥と、鳥の巣と、鳥の卵と、タケノコガイが好き。

3つめは黒ネコの写真。裏に〈ミッドナイト〉と書かれている。わたしには、うちにネコがいた記憶《きおく》がない。パパがレインを連れてくるまでは、うちにペットはいなかった。写真のネコをじっくり見る。ママは、鳥と、鳥の巣と、鳥の卵と、タケノコガイと、写真と、ミッドナイトという名前の黒ネコが好き。

写真のあとは、2つのブローチをじっくり見る。1つめはローズの頭《かしら》文字「R」の形の小さな銀色のブローチ。どうしてママはこれをもっていかなかったんだろう。たぶん、わたしとの思い出なんかいらないからだ。だって、ママはパパとわたしを置いて出ていったんだから、わたしたちを思いだしたくないはず。もう1つのブローチは、ハットピンという帽子《ぼうし》につける種類のやつ。わたしがこういう話を知っているのは、小さいころ、パパがいっしょに箱の中身を見ながらいろいろ教えてくれたから。今ではありえないけれど、パパはあのころ、ママの話をしてくれた。だからわたしは、RはローズのRだとか、帽子《ぼうし》につけるハットピンだとか、知っている。ハットピンは大きな縫《ぬ》い針《ばり》みたいな形で、はしに小さな時計がついている。時計は本物じゃなくて、絵がかいてあるだけ。7時15分を指している。わたしはパパに、時計が7時15分を指しているのには意味があるのかきいたことがある。パパは「ない」と言った。

わたしのママは同音異義語《いぎ》が好きかな。素数やルールや言葉はどうかな。

もしかしてママは、わたしがそういうものが好きだから家を出ていったのかな。

ほかに箱に入っているのは、バッファローが彫《ほ》られた5セント硬貨《こうか》。町の新聞にのったパパとママの結婚《けっこん》式の記事の切り抜《ぬ》き。記事にはハットフォードの第一長老派《ちょうろうは》教会でエリザベス・パーソンズとウェスリー・ハワードが結婚したと書いてある。それから、わたしが生まれたときに病院でつけていたリストバンド。バラ《ローズ》の花が一輪かいてあるスカーフ。

ママのことをもっと知りたい。ママがどんな顔をしているかは知っている。ソファーの横のテーブルに写真が2枚《まい》あるから。でも、わたしはほかのことも知りたい。ママが鳥と、鳥の巣と、鳥の卵《たまご》と、タケノコガイと、写真と、ミッドナイトという名前の黒ネコと、Rの文字と、ハットピンと、時計と、7時15分の時間と、5セント硬貨と、バッファローと、結婚式の記事と、わたしが生まれたときのリストバンドと、スカーフと、バラが好きということだけじゃなくて。

キッチンの壁《かべ》の時計を見た。今夜は宿題のプリントが3枚《まい》ある。宿題をやって、夕飯の用意をする時間だ。箱にママのものをしまっていった。さっきとは逆の順番で、最初はスカーフ、最後がペンダント。そして箱をクローゼットの棚《たな》にもどす。

そのあと、レインの〈マイ・ペット〉のドライフードに〈マイ・ペット〉の缶詰《かんづめ》フードを混ぜながらラジオをつけると、気象予報士の声がきこえてきた。

「……ハリケーンが近づいています。ハリケーン〈スーザン〉は、あと3日で上陸する見こみです。きわめて規模《きぼ》が大きく、今世紀最大の巨大《きょだい》ハリケーンになるおそれがあります」

第二部　ハリケーン

13 いつもとちがう天気予報

ラジオで初めてハリケーン〈スーザン〉のことをきいた月曜日、パパは5時43分に帰ってきた。3、4、5が逆にならんだおもしろい数字だ。それに、パパがこの時間に帰ってきたということは、J&R自動車修理工場で働いたあとで〈ラック・オブ・アイリッシュ〉に寄って1杯《ぱい》だけ飲んできたということだから、いい時間だ。

夕飯には、冷凍《れいとう》食品のチキンと、ライスと、牛乳《ぎゅうにゅう》を用意していた。レインは〈マイ・ペット〉の食事をすでに終えている。パパとわたしがキッチンのテーブルで向かいあってすわると、レインはわたしのいすの下にもぐりこんだ。わたしはパパの目をまっすぐに見た。同音異《い》義《ぎ》語のことは口に出さないようにした。

「ローズ、なんでそんなにじろじろ見てるんだ?」

「〈スーザン〉っていう名前の巨大《きょだい》ハリケーンが近づいてきてるって」

「どこできいたんだ?　ウェルドンからか?」

「WMHT―FMラジオの天気予報。周波数88・7メガヘルツのラジオ局よ」

パパはハリケーンのことは知らなかったみたいだ。

「きわめて規模《きぼ》の大きいハリケーンなんだって」

「きわめて規模が大きいって、どのくらいだ？」

わたしはくわしいことはきいていなかったから、ラジオで言っていたことをくりかえした。

「今世紀最大の巨大《きょだい》ハリケーンになるおそれがあります」

パパは肩《かた》をすくめた。

「ここは内陸部だ。海からずいぶん離《はな》れている。ハリケーンなんて来ない。ハリケーンは沿岸《えんがん》を進むもんだ。上陸しないことだってある。向きを変えて海にもどっていったりするんだ」

わたしはちょっと考えた。

「でも、88・7メガヘルツは、地元のラジオ局よ」

「ほんとか？」

「地元のラジオ局が巨大ハリケーンって言ってるの」

パパは鼻を鳴らすことがある。「ふんっ」って。このときも「ふんっ」と鼻を鳴らしてから牛乳《ぎゅうにゅう》をひと口飲んだ。

「わかったよ。あとでテレビで天気予報を見よう」

夕飯が終わると、わたしは皿洗《あら》いをすませて、すぐにリビングのテレビをつけ、83チャンネル（素数）の天気予報を見た。ふたりの人がデスクの向こうにすわっている。画面に、モニカ・フィンドリー、レックス・カプリシー、と名前が出た。モニカとレックスは深刻《しんこく》な顔をしている。後ろにアメリカの地図があって、右側の大西洋ではハリケーン〈スーザン〉を示す赤い大きな円がぐるぐる動いている。その円は地図の大西洋の大部分を占《し》めていた。

モニカとレックスは原稿《げんこう》をめくりながらしゃべっている。レックスが後ろを向いて、渦《うず》を巻く赤い円を指さした。すると、画面の左側の小さな四角の中に人の顔があらわれて、モニカとレックスはその人に話しかけた。ハモンド・グリフォンという名前で、ハリケーンの専門家《せんもんか》だ。画面に地図がもう1枚《まい》あらわれた。つぎつぎにいろいろなものが出てくるので、わたしはついていけなくなった。両手で目をおおって、親指を耳につっこんだ。そのとき、パパがリビングに入ってきた音がかすかにきこえた。

「ローズ、わめくんじゃないぞ。がまんできないならテレビを消せ。どうしたんだ？」

「パパが消して」わたしは手をはずさずに言った。

テレビの音が消えた。

「どうしたっていうんだ？」

わたしは目と耳から手をはずした。

「テレビにあまりにいろんなものが映ってたから」

なにがいけなかったのか、きちんと説明しようとした。

パパはため息をついた。「どんな？」

「人が3人と、地図が2枚《まい》。それにすごくやかましかった」

「もういい。天気予報を見るのは、おまえが寝《ね》てからにする。ローズ、おまえはハリケーンがこわかったのか？　それとも画面を見て混乱《こんらん》したのか？」

「こわくはなかった」

パパはわたしを見ながら顔をしかめて、ふんっと鼻を鳴らした。

「いいか、ハリケーンはこんなところまでは来ない。天気予報ってもんは、視聴率《しちょうりつ》をかせぐために大げさに言うんだ。少し雨や風が強くなるかもしれないが、たいしたことはない」

「わかった」

「もう寝たらどうだ？」

「まだ早いよ」

わたしのルーティンでは、レインと45分散歩をして、パジャマに着替《きが》えて、そのあとで寝《ね》ることになっている。

「まあいい。もうハリケーンのことは考えるなよ」

「わかった」

「ちょっと出かけてくる」

「わかった」

14　わたしたちが住んでいる場所

パパはその夜、もう一度〈ラック・オブ・アイリッシュ〉に出かけ、わたしはひとりで巨大《きょだい》ハリケーン〈スーザン〉のことを考えた。ハットフォードは大西洋からどのくらい離《はな》れているんだろう？　地図を見たいけど、もうテレビの天気予報をつけるのはいやだ。しんとした家でソファーにすわって、しばらくレインをなでていた。そのとき、うちの車庫にニューイングランド地方の地図があったのを思いだした。それで、スニーカーをはいて、懐中《かいちゅう》電灯で照らしながら、白くて四角い車庫に向かった。レインがぴったりくっついて来た。レインの肩《かた》がわたしの足にあたる。

車庫のライトをつけると、パパの作業台に地図があった。折り目のとおりにちゃんとたたんでいないから、平らにならずにふくらんでいる。台の上に地図を広げて、きちんとたたみなおして、もう一度広げた。そしてハットフォードの上に人差し指を当てた。指先と大西洋のあいだには、ニューヨーク州の一部とマサチューセッツ州がある。たぶん、パパの言ったとおりだ。ここは海からかなり離《はな》れているから、たぶんハリケーンが来る心配はない。でも、どうして地元のラジオ局で巨大《きょだい》ハリケーンが来るなんて警告《けいこく》したんだろう？

地図を折り目のとおりにきちんとたたんでから、レインと車庫を出て家にもどった。またソファーにすわって、ハド通りとうちのまわりのことを考えた。

わたしが住んでいるのは、こんな場所だ。

1　ハド通りにある建物は、〈ラック・オブ・アイリッシュ〉と、J＆R自動車修理工場と、パパとレインとわたしが住んでいるこの家と、うちの車庫だけ。

2　うちの家は坂の上にあって、庭はハド通りに向かって下り坂になっている。ハド通りも坂道で、くだっていくとJ＆R自動車修理工場があって、もっと下に〈ラック・オブ・アイリッシュ〉がある。

3　うちの庭には、高い木が8本ある。カエデの木が4本に、オークの木が2本に、ニレの木が1本に、カバの木が1本。家の裏手は林になっている。

4　うちのまわりには名前のない小川がいくつも流れている。ハド通りに沿《そ》って大きめの小川が1本、流れている。うちの庭はハド通りからその小川を渡《わた》ったところにあって、車で庭まで入れるように小さな橋がかかっている。これまでこの小川の深さが26センチ以上になったのは見たことがない。ハド通りの坂の上のほうから来る細い水の流れが何本もこの小川に合流している。小川は坂の下へ流れていく。

こういうことは、同音異義《いぎ》語や素数ほどおもしろくない。でも、この先の部分、たとえば、ハリケーン〈スーザン〉が来たつぎの日のことが書いてある18の〈レインがいない〉を読むときに、必要な情報だ。

レインと夜の散歩に行く時間になったから、ハド通りやうちのまわりのことを考えるのをやめた。そのあと、パパの車が帰ってくる音をベッドの中でききながら、レインを抱《だ》きよせて、自分にいいきかせた。ここは内陸部だから、ぜったいだいじょうぶ。

内陸部だから、内陸部だから、内陸部だから。

15　ハリケーンに備えて

パパは月曜日にはこう言った。「天気予報ってもんは、視聴率《しちょうりつ》をかせぐために大げさに言うんだ」

火曜日には、ちょっと顔をしかめてこう言った。「なんで天気予報はハリケーンの進路をもっとはっきり言わないんだ？」

そして水曜日には、「ふんっ、停電してもせいぜい4日までだろ」と言った。

今日は木曜日。学校が終わってウェルドンおじさんの車で帰ってきたとき、パパはもううちにいて、庭でガソリンタンクの中身をチェックしていた。レインはポーチのソファーからパパを見ていた。前足に顔をのせているけれど、目はしっかり開いている。

「バイバイ」わたしはおじさんに言った。おじさんのことが好きだから、ドアをしめる前に車に顔をつっこんで、ちゃんとおじさんの目を見る。「送ってくれてありがとう」

「どういたしまして。また明日」おじさんはほほえんだ。

いつものように指をクロスしてそれぞれの胸《むね》に当てる。おじさんはフロントガラスごしにパパに手をふると、Uターンして帰っていった。

「パパ、仕事じゃなかったんだね」

「ああ、仕事じゃなかった。いちいち細かいな」

これはいやみなのかもしれない。いやみというのは、からかうのと似ている。

レインがわたしに気づいて、ポーチから飛びおりて走ってきた。

「備蓄品《びちく》を買いに町にいく。おまえとレインもいっしょに来るか？」

「〈スーザン〉っていう名前のハリケーンのための備蓄品を買うの？」

「そうだ。いっしょに来るか？」パパはもう一度言った。同じことを二度くりかえすのは、返事をしろという合図だ。

「うん、行く」

わたしはピックアップトラックの助手席にすわって、レインは荷台に乗った。ハド通りを下ってJ＆R自動車修理工場の前を通りかかったとき、パパはジェリーに手をふった。ジェリーは修理工場の経営者のひとりだ。どうして今日パパは仕事じゃないのかはわからない。でも、質問しなかった。

坂道をくだりきったところで、パパはウィンカーを出さずに左に曲がった。

「あっ、ウィンカー」

わたしがさけぶと、パパはこっちを見ずに言った。

「ローズ、だまれ」

ハットフォードの町に入ると、パパはホームセンターの駐車場《ちゅうしゃじょう》に車をとめた。店内はとても混んでいた。今日はたくさんの人が買いものに来ていて、通路を歩くのもたいへんだ。

わたしは両手を強くにぎりしめて、天井《てんじょう》を見ながら素数をとなえた。「2、3、5、7、11、13」

「ローズ、やめろ」パパが言った。

「17、19、23、29、31」

「ローズ、いいかげんにしろ。どうした？　人が多いからか？」

「うん」

「車にもどるか？」

「わからない」

「おまえにも手伝ってほしいんだ」パパはわたしを店のすみの静かなところに引っぱっていっ

た。「みんな今のうちにあれこれ買いこもうとしている。うちも売り切れる前に必要な物を買っておきたいんだ。気持ちを落ちつけて、手を貸してくれ」パパはわたしの肩《かた》を両手でつかんだ。手の力がちょっと強すぎる。それにパパの顔がものすごく近くまで来ている。「ローズ、手伝ってくれ。たのむよ」

パパがわたしにたのんでいる。2、3、5、7。

「わかった」

パパはカートをとりにいって、わたしは買いもののことだけを考えるようにした。食洗《しょくせん》機がとまったときのために紙皿と紙コップ。洗濯《せんたく》機が使えなくなったときのためにペーパータオル。水道がとまったときのためにミネラルウォーター。それからラジオや懐中《かいちゅう》電灯なんかに使う単3と単2と単1の電池。

わたしは買ったものを車に運ぶのを手伝った。それから車でスーパーに行って、シリアルと、パンと、ドッグフードと、缶詰《かんづめ》スープと、そのほか冷蔵《れいぞう》庫の電源《でんげん》が切れてもくさらないものばかり買った。

スーパーのつぎは、ガソリンスタンドに行って、もってきたガソリンタンクをいっぱいにした。

その夜、6時21分にサム・ダイアモンドから誘《さそ》いの電話がかかってきて、パパは〈ラック・オブ・アイリッシュ〉に出かけていった。家にはレインとわたしだけになった。天気予報の画面を見ないで音声だけきけばいいことに気づいて、テレビに背《せ》を向けて、レックス・カプリシーがしゃべる声をきいた。

「ハリケーン〈スーザン〉はあと2、3時間で上陸し、その後、大西洋沿岸《えんがん》を北上する見こみです」

大西洋沿岸を北上。

ここは内陸部だから、ここは内陸部だから。

めちゃくちゃに折ってあったニューイングランド地方の地図を思い浮《う》かべた。ハットフォードを指した指先と大西洋のあいだには、じゅうぶん距離《きょり》があった。それでも、ラジオをつけて周波数を地元の局に合わせると、アナウンサーが言った。

「ハリケーン〈スーザン〉はきわめて巨大《きょだい》で、明日の夜にはハットフォードまで到達《とうたつ》するでしょう」

わたしは買ってきた備蓄《びちく》品をしまってある戸棚《とだな》の前に立って、数えてみた。

ペーパータオル　16ロール
トイレットペーパー　24ロール
紙ナプキンの大パック　2パック
紙皿　4パック
紙コップ　2パック

食料を見た。停電になったら、これで足りるだろうか？　2日間、4日間、1週間？

木が家に向かって倒《たお》れてきたらどうしよう？

夜の散歩の時間まで、レインとソファーにすわっていた。ベッドに入ってからもレインを抱《だ》きしめていた。レインの胸《むね》が呼吸《こきゅう》で上下するのが伝わってくる。

指をクロスして、レインの胸に当てた。

16 前日の話

つぎの朝、パパの声で目が覚めた。

「ローズ、ラッキーだな。今日は学校は昼までだ」

予定外のルーティン変更《へんこう》だ。学校のカレンダーではそうなっていないのに。

わたしは顔をしかめて起きあがった。「どうして?」

パパはドアのところに立って、ベッドにいるレインとわたしを見ている。

「どうしてって? ハリケーンが来るからだ。おまえはこの1週間、その話ばかりしてたじゃないか。今夜にも来るらしい」

「ハリケーンが来るのは夜なのに、どうして午後の授業が休みなの?」

「そんなの知るか。準備する時間がいるんだろ。とにかく従《したが》えばいいんだ。学校は昼で終わりだ、わかったな?」

わたしはウェルドンおじさんの車で学校に着くと、ミセス・ライブラーといっしょに教室に向かった。クラスのみんなは、巨大《きょだい》ハリケーン〈スーザン〉のことを話していた――「ハリケーンは南のほうに上陸した」、「死者4名」、「何千人もが家を失った」、「いくつもの町が浸水《しんすい》した」、「あちこちで停電している」、「ハリケーンは北上中で進路を変えて内陸部に向かう見こみ」。

ここは内陸部だから、ここは内陸部だから――。

スーザンは素数の名前じゃない。最近わたしは新しい同音異義《いぎ》語を思いついていない。

クシェル先生は出欠をとったあと、みんなにハリケーンの話をしたいかきいた。みんなが「はい」と答えた。

「今度のは史上最大のハリケーンです」ジョシュが言った。声がうれしそうだ。

「亡《な》くなった人もいます」パルヴァーニが心配そうに言った。

わたしは立ちあがってさけんだ。「2、3、5、7、11、13……」

17を言う前に、ミセス・ライブラーに廊下《ろうか》に連れだされた。

ウェルドンおじさんの車がうちに着いたのは、12時17分。いつもおじさんはわたしをおろすと、すぐに仕事にもどる。でも今日は、パパが帰ってくるまでわたしといっしょにいられるように、特別に許可をもらっていた。ふたりともミセス・ライブラリーの週間報告書のことは話題にしなかった。パパがその封筒《ふうとう》をあけたら、素数をさけんだ件がばれるんだけど。

午後1時21分に、パパがJ&R自動車修理工場から帰ってきた。おじさんは帰りぎわにパパとわたしに言った。

「連絡《れんらく》をとりあうようにしよう。ハリケーンはそれてくれるんじゃないかな。大さわぎしても、けっきょく、たいしたことなかったりするんだよな」

「明日、電話する」パパが答えた。

おじさんは帰っていった。わたしはパパに報告書を渡《わた》した。パパはポーチに立ったまま読んで、首をふった。

「おまえってやつは、なんで心の中だけで数字をとなえられないんだ？」

この日パパは、夕飯のあともずっとうちにいた。家の中には、レインとパパとわたし。外には8本の高い木が立っている。

風の音とかすかな雨の音がきこえてきた。

パパがテレビの天気予報をつけた。わたしは部屋のすみでテレビに背中《せなか》を向けてすわった。

「ハリケーンが向かってきてる。こりゃ直撃《ちょくげき》だな」パパが言うのがきこえる。

わたしはふり向かずに言った。「今日、モーガンはルールをやぶったの。手もあげずにクシェル先生の話の途中《とちゅう》でしゃべりだしたの」

パパは返事をしない。

「ほかにルールをやぶったのはだれだと思う？　ジョシュよ。新学期の最初の日に大声をあげたの。大声をあげるのはルール違反《いはん》よ」

「こっちに来て、テレビを見たらどうだ？　ふつうの子はそうするぞ」

「あとね、アンダースは一度、足を出してわたしをつまずかせたことがある。わざとやったの。フロウはランチの列に2回割《わ》りこんだし」

「ローズ、テレビがきこえない」

「それから――」

パパが勢いよく立ちあがって、わたしにリモコンを投げつけようとした。でもリモコンなしじゃテレビが見られないと気づいたみたいで、下に置いた。「部屋に行ってろ」

わたしはそっとパパから離《はな》れた。レインが部屋までついてきた。ベッドにすわって同音異義《いぎ》語のリストを真剣《しんけん》に見つめていると、リビングからテレビのレックス・カプリシーの声がきこえてきた。「今後の情報については、インターネットでこちらのサイトをごらんください」

わたしはベッドから飛びおりた。

「レイン！〈サイト〉の同音異義語がある！〈視力《サイト》〉！ 新しい同音異義語を見つけた！」

リストのSのところまで指でたどったら、新しい同音異義語を書きこむスペースがないのに気づいた。

「2、3、5！」さけびながら紙をくしゃくしゃに丸めた。

気づいたらパパがドアのところに立っていた。パパはわたしを見て、それから紙を見て、小さな声で言った。「いいかげんにしろ」

レインがパパとわたしのあいだに割《わ》りこんだ。

「家でわめくだけなら、まだわかる。少なくとも学校ではパニックを起こすな。もううんざりだ。学校からの報告書も、面談も、うんざりだ」

「でも、同音異義語のリストが――」

パパはしゃがんで、くしゃくしゃの紙を拾った。「同音異義語のことは、もう二度と口にするな。こんなもの捨《す》てて寝《ね》るんだ。今すぐ」

パパがドアのところから動かないので、レインとわたしは今日2度目のルーティン変更《へんこう》をして寝るしかなかった。服を着たままベッドにもぐりこむと、レインがそっととなりに入ってきた。

レインもわたしも、まだオシッコしてなかったのに。

17 嵐《あらし》の音

パパが部屋のドアをしめたから、真っ暗な中でレインとくっついていた。ドアの下から明かりがもれてきて、天気予報の音がきこえる。

レインのなめらかな背中《せなか》に手を当てていても眠《ねむ》れない。

風の音がどんどん大きくなる。電車の音みたいに大きな音。レインがクーンと鳴いた。

テレビの音が消えて、ドアの下の明かりも消えたので、パパが自分の部屋に行ったのがわかった。

雨が強くなってきて、屋根を激《はげ》しく打っている。横でレインがふるえはじめた。

庭の木のきしむ音や、枝の折れる音がする。2、3、5。

なにか重いものが窓《まど》に当たる大きな音がして、わたしはレインにしがみついた。でも窓は割《わ》れなかった。7、11、13。

ベッドから出て、そっとドアのところに行った。ドアをあけて耳をすませる。嵐の音以外はなにもきこえない。パパの部屋のほうを見ると、ドアはしまっていた。ドアの下から明かりはもれていない。

ドアをあけたまま、ベッドにもどった。

11時34分、庭の木が倒《たお》れる音がした。17、19、23、29。

1時53分、突風《とっぷう》でなにかが玄関《げんかん》にぶち当たった。なにかものを外に置きっぱなしにしていただろうか。レインはベッドがゆれるほど激《はげ》しくふるえている。

3時10分、どこかでなにかが割《わ》れるようなものすごい音がした。たぶん道路のほうだ。そのとき、デジタル時計の文字が消えて、家の中のすべての音がぴたりとやんだ。

停電だ。

わたしはレインをぎゅっと抱《だ》きしめて、ようやく眠《ねむ》りについた。

目が覚めたとき、窓《まど》のブラインドのまわりからうす明かりがもれていた。家の中はしんとしている。嵐《あらし》はそろそろ終わるようだ。

レインは部屋にいなかった。

18 レインがいない

キッチンカウンターにアナログの時計がある。丸型の青い時計で、文字盤《ばん》に波の絵がかかれている。波の上には大西洋岸の〈アトランティックシティ〉という町の名前が書いてある。嵐《あらし》の翌朝《よくあさ》、こっそり自分の部屋を出て、しんとしたキッチンに入った。まず時計を見た。針《はり》が8時5分を指している。つぎに、パパの部屋のドアがあいているかチェックした。しまっている。電話をとって耳に当ててみた。なんの音もしない。ボタンをいくつか押《お》したけれど、やっぱりなにもきこえない。停電で電話も使えなくなっている。

リビングの窓《まど》のところに行って外を見ると、うす暗かった。雨はまだ降《ふ》っているけれど、弱まっていて、もうすぐやみそうだ。木の葉が少しゆらめいているけれど、風は夜中のように激《はげ》しくはない。

庭の木が2本倒《たお》れていた。カバの木とニレの木。カバの木は根こそぎ倒れて、上のほうの枝が玄関《げんかん》ポーチの屋根にかぶさっている。ニレの木は幹の根元で折れて、電線を引っぱりながら外に向かって倒《たお》れ、前の道路まで届《とど》いている。ほかにも、オークの木の1本がまっぷたつに割《わ》れて、上のほうが横に広がっている。庭じゅうに枝や葉が散らばっていた。

車庫のほうに目をやると、そこも枝や葉でいっぱいだった。道路に目をうつしたとき、ぎょっとして息をのんだ。ハド通り沿《ぞ》いの小川の水が見えている。こんな遠くから見えるのは初めてだ。14の〈わたしたちが住んでいる場所〉で書いたように、これまで水深が26センチ以上になったことはなかった。それが今は増水して岸をこえ、道路や庭にまで水があふれている。ふくれあがった小川は激流《げきりゅう》になって橋をのみこんでしまった。こわれた橋の木材がハド通りを流れていく。

わたしたちは孤立《こりつ》してしまった。水が引いても、庭から小川を渡《わた》って道路に出る橋がない。わたしは後ろを向いて、パパを起こしてもいいか考えた。橋が流されたこと、外に行けなくなったことを、どう思うかききたかった。

パパの部屋のドアをノックしようとして、レインの姿《すがた》を見ていないことに気づいた。キッチンにもリビングにもいない。自分の部屋にもどって、ベッドの下を見た。レインはこわくなると、よくここに隠《かく》れるから。

いない。

バスルームを見た。

いない。

もう一度、キッチンとリビングを見た。

「レイン？　レイン？」

気配がない。

大声で呼《よ》んだ。「レイン！」

そのとき、パパの部屋のドアが勢いよく開いた。

「ローズ、大きな声を出すな。レインは外に出した。オシッコしたがってたから」

「外に出したって？　いつ？」

「さあな。少し前だ」

「家の中に入れた？」

「いや」

「どうして？」

「朝早かったからもう一度寝《ね》た。レインはポーチにいるんじゃないか」

わたしは木のことも、小川のことも、橋のことも、孤立《こりつ》していることも忘《わす》れて、玄関《げんかん》のドアを勢いよくあけた。

ポーチは水びたしだった。ありとあらゆるところから水がしたたり落ちていて、ソファーはびしょぬれだ。

レインはポーチにもいなかった。レインを呼《よ》んで、裸足《はだし》でポーチに出た。ポーチの階段《かいだん》の上から、灰色《はいいろ》の朝もやに向かってさけんだ。

「レイン！　レイン！　レイン！　レイン！」

きこえるのは水がしたたる音だけ。

呼吸《こきゅう》が急に速くなってきた。

パニックのサインだ。

「2、3、5、7、11」わたしは素数をとなえた。「2、3、5、7、11」

19　わたしがパパに怒《おこ》った理由

わたしはキッチンのテーブルの前にすわった。

レインになにかあったんだ。

パパがレインを外に出したあと、レインはもどってきていない。こんなこと、レインらしくない。

きっと迷子になったんだ。

わたしはまた窓《まど》のところに立って、勢いよく流れている川や、倒《たお》れた木や、庭にできた池を見つめた。

「レインは見つかったか？」

びくっとしてふりかえると、下着姿《すがた》のパパが自分の部屋のドアのところに立っていた。

「パパ、何時にレインを外に出したの？」

「てことは、レインは見つかってないのか？」

「呼《よ》んでも来ないの」

「なんでおれの質問にちゃんと答えないんだ？　ちゃんと、〝見つかっていない〟と答えろ」

「見つかっていない。何時に外に出したの？」

パパは首をかきながらテーブルの前にすわった。「停電してるな。電話もか？」

「わたしはパパの質問に答えなくちゃならないのに、パパはわたしの質問に答えなくていいの？」

パパは口のはしにちょっと意地悪な笑みを浮《う》かべたけど、ひとことだけ答えた。

「7時15分」

7たす1たす5は13で、素数だ。でも今は、それがいいことだとは思えない。

「レインがいなくなって1時間以上たっている」

「今度はおれの質問に答えろ。電話も使えないのか？」

「うん。レインを外に出したあと、どうして見ておかなかったの？」

「ローズ」

「ねえ、どうして？」

「ローズ、おれを怒《おこ》らせたいのか？」

「じゃあ、どうしてわたしを起こしてくれなかったの？」

「なんだって？　レインを外に出したときにか？　知るか。いつものことだろ。放っておいてもレインはいつもポーチにもどってくるじゃないか」

「レインは嵐《あらし》のときに外に出たことなんてなかった」

「おまえはもう朝めしは食ったのか？」

「ずっとレインをさがしていたの」

「なあ、ローズ、もう、朝めしは、食った、の、か？」

「まだ」

パパは備蓄品《びちく》をとりだした。テーブルに紙皿と紙コップとシリアルの箱を置いて、真っ暗な冷蔵庫《れいぞう》から牛乳《ぎゅうにゅう》を出す。においをかいで、「牛乳はまだだいじょうぶだ」と言った。

わたしは窓《まど》を離《はな》れてテーブルに行って、それからまた窓辺に行って、それから玄関《げんかん》のドアをあけてポーチでさけんだ。

「レイン！　レイン！」

「朝めしだぞ」

「レインがいない」わたしはキッチンにもどった。

パパが窓《まど》に近づいた。「こりゃ、ひどいな」

「橋が流された。わたしたち、どこにも行けない」

「くそっ」

「ウェルドンおじさんに電話できたらいいのに」

「電話したらどうなるっていうんだ？」

「おじさんがレインをさがすのを手伝ってくれる。どうしてパパはレインを外に出したとき、ちゃんと見ておかなかったの？」

「ローズ、その質問にはもう答えた。さあ、朝めしだ」

わたしは窓辺に立った。それから自分の部屋とキッチンを行ったり来たりした。「どうしてレインがもどるのを確かめなかったの？」

パパがテーブルを力いっぱいたたいて、牛乳《ぎゅうにゅう》パックがはねあがった。パパはアトランティックシティの時計に目をやった。

「まだ8時半か。おまえにはもううんざりだ」

パパがわたしにうんざりしたのは、8時半のできごと。ちょうどそのとき、わたしはレインの首輪がドアノブにかかっているのに気づいた。きのうの夜、わたしがかけたまま。そのあと、パパのせいでレインとわたしはオシッコしないまま寝《ね》ることになった。
レインは迷子になっている。
首輪をつけてないから、どこの家の犬かだれにもわからない。
レインを外に出したのはパパ。だから、わたしはパパに怒《おこ》っている。

20 レインの鼻

犬はみんな鼻がいいけれど、レインはとくべつ鼻がいいと思う。いつか学校に来た日、レインは廊下《ろうか》を何度も曲がって、教室にいたわたしをさがしあてた。何十人もの子どもや先生たちのにおいの中から、わたしのにおいをちゃんとかぎわけていたはずだ。

パルヴァーニが「いいなあ、ローズ」と言っていた。レインみたいに鼻のいい犬がいていいな、という意味だ。

わたしはパパが出したシリアルを食べられなかった。テーブルを離《はな》れて、また玄関《げんかん》に立った。

「じっと見ててもなべは煮立《にた》たないって、ことわざがあるだろ」パパはそう言うと、ずるずる音をたててシリアルを食べて、なまぬるいコーラを缶《かん》のまま飲んだ。

「どういうこと？」

「きいたことないのか？　それはだな……」パパはちょっと考えてから言葉を続けた。「まあ、そこにつっ立ってるのはやめろという意味だ。レインは帰る気になれば帰ってくる」

わたしはふりかえってパパを見た。「レインは鼻がいいの」

「ふん？」

「本当よ。嵐《あらし》のせいで迷子になっても、においで帰り道がわかるの」

「なるほどな。じゃあ、こっちへ来て、朝めしを食え」

雨も風もやんだけれど、太陽は出てこなくて、うす暗いままだった。家の中は寒かった。パパはズボンをはいて、フランネルのシャツを着て、薪《まき》ストーブの火をつけた。もしレインがここにいたら、もっと暖《あたた》かいのに。

朝食のあと、外に出てレインをさがしてもいいかきいてみた。

パパはポーチに立って、しばらく考えてから言った。

「庭には出てもいいが、庭から外には行くな。切れた電線で感電したらたいへんだ。電線にはぜったい近づくんじゃないぞ。それから水にも近づくな。想像つかないだろうが、水の流れの力ってのはおそろしいんだ」

「レインはちゃんと泳げたかな？」

「あの激流《げきりゅう》の中を？　たぶん無理だな」

わたしは枝をまたいだり、倒《たお》れた木を乗りこえたりして、庭じゅうぐるぐる歩きながら大声で呼《よ》んだ。

「レイン！　レイン！　レイン！」

レインの気配はない。

庭の斜面《しゃめん》を下って道路に近づいて、水のたまっている手前で立ちどまった。庭の水は勢いよく流れているわけではないけれど、どのくらい深いかわからない。道路のほうは流れが速くて、パパが言ったとおり激流になっている。枝を1本投げてみると、あっという間に流されて見えなくなった。

レインを呼んだ。でも、水の音がすごくて、自分の声さえほとんどきこえない。

家の中にもどると、パパはテーブルの前にすわって、電池式ラジオの周波数を合わせていた。

パパが「ぽんこつめ」と言ったとたんに、ラジオの声がキッチンにとどろいた。

「こわれてなかったね」

わたしはそう言ってから、前にパパがわたしのことを〈いちいち細かい〉と言ったのを思いだした。またなにかいやみを言うだろうと思ったけれど、パパはだまってラジオをいじり続けた。

しばらくして、洪水警報《こうずいけいほう》を伝えている局に周波数が合った。

「おいおい、洪水警報かよ」

これは、パパがラジオに向かって言ったいやみだ。

昼ごはんは、バナナを1本ずつと、焼いていないベーグルにピーナツバターをはさんだものだった。食べおわるとパパが言った。

「庭の片《かた》づけでもするか。ほかにやることもないし」

「ウェルドンおじさんと話したいな」

「無理だ。電話はつながらないし、道路もふさがってる」

午後はずっとふたりで庭の片づけをした。暗くなるころには、ほとんどの枝を1か所に積みあげた。枝がかわいたら薪《まき》として使える。倒《たお》れている木はあとでチェーンソーで切ることにした。

パパは家のほうに歩きだした。わたしは庭に立ったまま、あたりを見まわした。もしかしたら夕闇《ゆうやみ》にレインの目が光るのが見えるかもしれない。じっと目をこらした。2、3、5、7……。

いない。


その夜はなかなか眠《ねむ》れなかった。ベッドに横になってレインのことを考えていた。5回起きあがって、レインがにおいをたどって帰ってきているんじゃないかとポーチに見にいった。でも、レインはいなかった。やっと眠りにつくと、朝パパがドアをノックするまで目を覚まさなかった。

パパは手にラジオをもって部屋に入ってきた。

「当分、学校は休みだぞ」

「レインは？　ポーチにいる？」

「いや」

「今日はなにをするの？」

パパは窓《まど》を指さした。

「日が照っている。きのうよりちょっと暖《あたた》かい。また庭で片《かた》づけだ」

「わかった。当分ってどのくらい？」

パパは首をふった。「ローズ、当分は当分だ。どのくらいかわからないっていう意味だ」

当分というのは、決まっていないっていうこと――。わたしは先のことが決まっていないのは苦手だ。

「どのくらいか、だれにもわからないの？　どうしても知りたいの」

「しょうがないだろ。待つしかない」パパはラジオを突《つ》きだした。「ニュースで言ってた。あちこちで停電してて、何百万人もが暗闇《くらやみ》の中で過ごしてる。何百万人だぞ。復旧するまで何週間もかかるかもしれない。学校は電気が復旧するまでは休みだ」

でも、わたしはいつものルーティンじゃないとだめ。

なにより、レインがいないとだめ。

パパとわたしは朝食に牛乳《ぎゅうにゅう》なしのシリアルと、ピーナツバターをつけたクラッカーを食べて、庭に出た。パパは倒《たお》れた木を見ている。わたしはハド通りのほうに歩いていって、流れている水を見た。庭の水は少しは引いたようだけれど、まだ水の流れる激《はげ》しい音がきこえる。細い小川がいくつも合流して、太い激流《げきりゅう》になってしまった。橋が流されたくらいだから、ほかのものも流されたはずだ。大きなものも、小さなものも。家も流されたかもしれない。そして、いろいろな種類の生き物も。

切れた電線がまだハド通りに横たわっている。〈ラック・オブ・アイリッシュ〉のほうに目をやると、何本も木が倒れて道をふさいでいるのが見えた。これでは、ウェルドンおじさんはしばらくうちに来られそうにない。

夕方、パパがチェーンソーで木を切るのにうんざりしだしたころ、道路を歩いてくる人が見えた。

「ジョン！」

パパが呼《よ》ぶと、その人は手をふった。そして、浸水《しんすい》している道路を歩いてきて、うちの橋があった場所に立った。

「孤立《こりつ》しちまったようだな」

J《ジ》－O《ヨ》－H－N《ン》は素数の名前（47）。たぶん、パパが〈ラック・オブ・アイリッシュ〉で知りあった人だろう。

パパは片手《かたて》を腰《こし》に当てて、もう片方のそでで額をぬぐった。「ああ。車が通れる橋をつくりなおすには、しばらくかかりそうだ。まずはその場しのぎに板でも渡《わた》しておくかな。おい、なにか情報は？」

「ひどい洪水《こうずい》だぜ。町がいくつも水没《すいぼつ》したんだ。この町はまだいいほうさ。たくさんの家が流された。もう住めない家も多そうだ。家をなくしたやつら、これからどうするんだろうな」

パパは首をふった。「なんてこった」


パパとわたしが寝《ね》るころには、レインがいなくなって37時間たっていた。これも素数だけれど、いいことじゃない。

家の中がとても寒かったから、何枚《まい》も重ね着してベッドに横になった。わたしは外を流れる水音に耳をかたむけた。

そのとき初めて思った。レインは迷子になって、帰り道を見つけられずにいるんだ。

21 なにがレインに起きたのか

長いあいだベッドの中で目をあけていた。眠《ねむ》れない。寒かったけれど、窓《まど》を少しあけた。流れる水の音をききながら、あれこれ想像した。山の上に降《ふ》った小さな雨のしずくが小川に落ちて、いくつもの小川が力とスピードを増しながら太い川に合流する。ハリケーン〈スーザン〉で降った380ミリの雨で、山の上のしずくも、小川も、太い川も、ふくれあがった。380ミリというのは、12時間での降雨量《こうう》だ。380ミリ。つまり38センチ。パパがラジオでそういいた。

橋がこわれたときのようすを想像した。ひびが入った板が浮《う》きあがって、はがれて、水没《すいぼつ》したハド通りを流れていったのだろう。パパは水の流れの力はおそろしいと言っていたし、ジョン（47）は流された家があると言っていた。

そんなことを考えているうちに、レインの身になにが起きたのか、わかった気がした。わたしの想像はこうだ。嵐《あらし》の朝、パパがレインを外に出すと、レインはうす暗い庭を歩きだした。

レインはとてもかしこくて、とても鼻がいい。でも、庭の先に流れている水に近づいたら危《あぶ》ないとは知らなかった。初めて見たから興味がわいて、水のにおいをかごうと身を乗りだしたんだろう。もしかしたら、なにかが浮《う》いているのを見つけて、そばで見ようと思ったのかもしれない。もしかしたら、ただ水を飲もうとしただけかもしれない。

とにかく、レインは身を乗りだして、流れにさらわれてしまった。レインは泳ぎは得意だけれど、はるか先まで流されてしまったのだろう。ようやく水からあがったときには、どんなににおいをかいでも、知っているにおいがなかった。あまりに遠く離《はな》れてしまったから、わたしのにおいを見つけられなかった。風や、洪水《こうずい》や、知らないにおいに、混乱《こんらん》してしまった。あたりを見まわしても、どっちに行ったらいいのかわからなくて、レインはちがう方向に歩きだしてしまった。

つまり、レインはうちからとても遠いところまで流されてしまったから、帰り道を見つけるには、かなり時間がかかるだろう。

レイン、どこにいるの？

心臓《しんぞう》がどきどきしはじめた。

2、3、5、7、11、13。

第三部　ハリケーンの爪《つめ》あと

22　パパがわたしに怒《おこ》ったわけ

翌日《よくじつ》の月曜日には空は晴れわたっていた。朝の8時、気温は15度。庭に背《せ》を向けてポーチに立っていると、60時間前は巨大《きょだい》ハリケーンのまっただ中にいたなんて思えない。でも、ふり向くと、倒《たお》れた木々や、水びたしの芝生《しばふ》や、ハド通りをおおう水の流れが見える。道路の手前にかかっていた橋はない。そうだ、パパとわたしはまだ孤立《こりつ》したまま。

レインはまだ行方《ゆくえ》不明のまま。

停電も続いていて、電話も使えない。冷蔵《れいぞう》庫はぬるくなってしまって、昨日の夜、パパが中身をぜんぶ捨《す》てた。冷凍《れいとう》庫の中身もだ。氷はもうないし、トイレを流す水も、あとバケツ2、3杯《ばい》分しかない。

「トイレを流せなくなったら、どうするの？」わたしはパパにきいた。

パパはキッチンのテーブルにいる。パパの朝食はツナとリンゴと瓶入《びんい》りのジンジャーエール。ツナは缶《かん》のまま食べている。ジンジャーエールがぬるくても平気で飲んでいる。

「林の中に行く」

わたしはパパの顔をじっと見た。冗談《じょうだん》ならニヤッとしているはず。でも、パパはふざけているわけではないみたいだ。

「林に行ってどうするの？」

「ばかなこときくな。木の陰《かげ》に立ってオシッコするんだ」

「わたし、林の中でオシッコなんてしたくない」なんだか汚《きたな》いと思った。

「ふんっ」

「なにかほかの方法は？」

「どういう意味だ？」

「林でオシッコする以外に、どんな方法がある？」

「知るか。バケツにオシッコするか」

そっちのほうがまだましだ。「トイレにバケツを置いてもいい？」

パパは肩《かた》をすくめた。「勝手にしろ」

「えっ、どういうこと？」

パパはため息をついた。イライラしてきた合図かもしれない。「好きなようにしていいって意味だ。わかったか？　トイレにバケツを置いてオシッコしたければ、そうすればいい。でも、バケツの中身は自分で捨《す》てにいくんだぞ。おれは片《かた》づけてやらないから」

わたしはシリアルを紙皿に入れると、パパの向かいにすわって、牛乳《ぎゅうにゅう》なしで食べた。「今日はなにをするの？」先の予定が知りたい。

「また木を切る」

「ウェルドンおじさんに会いに行けたらいいのにな」

パパは窓《まど》の外を指さした。「魔法《まほう》の橋でもできたのか？」

わたしはふりかえって外を見た。「ううん」

「じゃあ、ウェルドンには会いに行けない。以上。話は終わりだ」


朝食のあと、パパはチェーンソーにガソリンをつぎたして、またブンブン音を立てながら倒《たお》れた木の幹を切りはじめた。チェーンソーからは3メートル以上離《はな》れていろと言われている。音がものすごくうるさいから、ちょうどいい。わたしの仕事は細い枝を拾って、木切れの山に積みあげていくこと。チェーンソーの騒音《そうおん》にたえきれなくなると休憩《きゅうけい》して、両手で耳をふさいで庭を歩きまわる。庭の下のほうに立って、川を見た。流れはもう前ほど速くはない。レインは土曜日の朝、どこまで流されていったんだろう？　水からあがったあと、ちがう方向にどのくらい歩いただろう？

チェーンソーの音がとぎれるのを待って、パパに声をかけた。

「嵐《あらし》の朝にレインを外に出したとき、どうしてわたしを起こさなかったの？」

「ローズ、いいかげんにしろ。その話はもうすんだはずだ」

「でも、どうしてなの？」

「いいか、その質問にもう一度だけ答える。そのあとは、二度とその話はするな。おまえを起こさなかったのはな、レインはこれまで何度もひとりで外に出て、いつもちゃんともどってきてたからだ。おまえを起こす必要はないと思った。それに、嵐はほとんどおさまってたんだ」

「レインを外に出す前に、どうして首輪をつけなかったの？」

「ローズ！　いいかげんにしろ！」

「でも、これはべつの質問よ。首輪のことをきくのはこれが初めてでしょ」

パパはチェーンソーのひもを引っぱってエンジンをかけようとしたけど、うんともすんともいわない。

「首輪をつけていないと、どこのうちの犬かわからない」

「そうだな」

「じゃあ、なんで首輪をドアにかけたままにしたの？」

パパはわたしに背《せ》を向けて首をふると、足をふみ鳴らして、ひもを乱暴《らんぼう》に引っぱった。チェーンソーがいきなりジェット機みたいな大きな音をあげたので、わたしは耳をふさいだ。両手を耳に当てたまま、3メートルあけてパパのまわりをぐるっと歩いて、向かいに立った。

「なんでレインに首輪をつけなかったの？」大声で言った。

パパはけわしい顔でチェーンソーのスイッチを切って、地面に落とした。そしてゆっくりとわたしに近づいてきた。逃《に》げなきゃ、と思った。それで、わたしは家に逃げこんで、急いでドアをしめた。窓《まど》から外を見ると、パパはチェーンソーのほうにもどっていくところだった。チェーンソーの騒音《そうおん》が始まるのを待ってから、自分の部屋に行って、ベッドに横になった。

わたしが動揺《どうよう》していると、いつもレインが寄ってきて、となりに横たわった。わたしの肩《かた》に顔をのせて、目をのぞきこんだ。ほほにレインの息を感じた。

でも、今、レインはいない。パパがハリケーンの朝に、首輪もつけずに外に出したせいで。

23 ウェルドンおじさんへの電話

つぎの日、いいことがあった。朝早くキッチンに行くと、まず、冷蔵庫《れいぞう》がブーンといっているのに気づいた。そして、キッチンが暖《あたた》かくなっているのに気づいた。それから、リビングの電気スタンドがついているのにも気づいた。パパはスタンドを一晩《ひとばん》じゅうつけっぱなしにすることがある。

電気が復旧した。けっきょく、何週間も待たずにすんだ。

電話を手にとって発信音をきいた。ちゃんと通じている。

パパに知らせようとドアをノックしかけて、アトランティックシティの時計を見ると、まだ6時20分だった。パパを起こすには早すぎる。

でも、おじさんになら電話してもいい時間だ。

電話に出たおじさんの声は眠《ねむ》そうだったけれど、怒《おこ》ってはいなかった。

「ウェルドンおじさん！　わたし、ローズよ！　いろんなものが使えるようになった」

「ローズ！」おじさんの声は、わたしと同じくらいはずんでいた。「だいじょうぶか？」

「うん」だって、ケガはしていないから。

「何度もそっちに行こうとしたんだ。でも、道路が木でふさがれてて、町を抜《ぬ》けられなかった。きのうの夜もだ」

「うちの前の橋が流されたの。だからわたしたち、庭から出られないの。ウェルドンおじさん？」

「うん？」

「レインがいなくなったの」

「なんだって？」

「レインがいなくなった」わたしはおじさんに話した。土曜日の朝、嵐《あらし》の中パパがレインに首輪をつけずに外に出したことを。

「ローズ、たいへんなことになったな」

「どうしたらいいかわからないの。外に出られないから、レインをさがしにも行けない。電話が使えなかったから、警察《けいさつ》にも連絡《れんらく》できなかった」

「警察？」

「警察《けいさつ》ならレインをさがしてくれるでしょ」

　おじさんはちょっとだまってから言った。

「警察は今、やることがたくさんあるんだ。通れなくなってる道路があるし、浸水《しんすい》でまだ孤立《こりつ》している人たちがいる。レインをさがすのは、ぼくたちだけでやらなくちゃならない」おじさんはいったん言葉を切った。「ローズ、ほんとにだいじょうぶか？」

「パパもわたしも、ピーナツバターとツナにちょっと飽《あ》きてる。あとね、くみ置きの水がなくなったから、バケツにオシッコしなくちゃならないの。庭の木が何本も倒《たお》れたけれど、家には当たらなかった」

「レインがいなくなってから、どうしてる？」

　なんて答えたらいいかわからない。

「ローズ？」

「えっと、レインがいないから、レインの食事を用意しなくていいし、散歩に連れていかなくていいの」

「で、どんな気持ち？」

「レインを見つけたいと思っている」

「さびしいんだね」

やっとわかった。「うん。それに、心配だし、悲しい。おじさん、行方《ゆくえ》不明の犬はどうやってさがせばいいの？」

「まず、新聞に広告を出そうか。行方不明の貼《は》り紙もしよう。でも、それには何日か待たないといけない。とりあえず電気が復旧したのはよかったな」

電気が復旧したから、その朝、パパとわたしはテレビをつけてニュースを見た。ハットフォードの道路はほとんどが今日じゅうに通れるようになるらしい。学校も来週の月曜日から始まるようだ。

「車で町を抜《ぬ》けられるようになるから、ウェルドンに買いものをたのめるな。材料が手に入ったら川に仮設の橋をかけるぞ」

「おじさんに食料品も買ってきてもらえるよね」

「ああ。近所のスーパーは2メートル近く泥《どろ》にうまってる。ホームセンターもだ。ウェルドンにニューマークの町まで行ってもらわなくちゃならないな」

その夜、パパとわたしはテレビの前で夕飯を食べた。ニュースキャスターが「町〈全体《ホール》〉で被害《ひがい》が……」としゃべっているのをきいて、わたしは新しい同音異義語《いぎ》を見つけた。〈全体《ホール》〉と〈穴《ホール》〉。それをリストに書きこんだら、急に希望がわいて、レインが見つかるような気がしてきた。学校のノートを開いて、新しいページのいちばん上にこう書いた。

「行方《ゆくえ》不明の犬をさがす方法」

24
行方《ゆくえ》不明の犬をさがす方法

コン、コン、コン。

つぎの朝、玄関《げんかん》をノックする音で目が覚めた。電気が復旧したから、時間を確かめるのにキッチンまで行ってアトランティックシティの時計を見る必要はない。起きあがって、時計つきラジオを見た。7時41分。こんな早い時間に、しかもぜんぶ足すと素数じゃない時間に、だれだろう？

レインを見つけた人かも！　でも、すぐに思いだした。パパのせいでレインは首輪をつけていない。だから、レインのうちがどこか、だれにもわからないはずだ。ノックしているのはだれか、考えられる答えがもうひとつある。そう、ウェルドンおじさんだ。

わたしはリビングに走っていって、ポーチをのぞいた。

おじさんが袋《ふくろ》をもって立っている。きっと袋の中には食料品がたくさんつまっている。

わたしは急いでドアをあけた。

「ローズ！」おじさんは袋《ふくろ》を置いて、わたしを抱《だ》きあげた。ふだんはこういうことをされるのは苦手なのに、それほど気にならなかった。足が下についてから、わたしはたずねた。

「おはよう、ウェルドンおじさん。どうやって来たの？」

「車でハド通りに入れなかったから、坂の下に車をとめてきた。で、水の流れが細くなってるところを渡《わた》ってから、わきを歩いてここまで上ってきたんだ」

「来てくれてありがとう。わたし、作戦があるの」

「へえ、どんな？」

「レインをさがす作戦。今すぐとりかかるつもり」

「なにを買ってきたか、見ないのか？」

「見たい」わたしは袋をのぞきこんだ。果物、牛乳《ぎゅうにゅう》、バター、レタス、ニンジン。

「ニューマークのスーパーまで行ったの？」はっと気づいて、もう一度お礼を言った。

「どういたしまして」おじさんはほほえんだ。「そう、きのう、ニューマークまで行ってきたんだ。途中《とちゅう》がひどかった。信じられないくらいたくさんの家がこわれてるんだ。もうめちゃくちゃだ」

わたしは犬をさがす作戦で頭がいっぱいだったけれど、ふと思った。

「人はどこにいるの？」

「家が全壊《ぜんかい》した人のこと？」

「そう。死んだの？」

「まさか。避難《ひなん》所にいるんだ。ハットフォード高校が避難所になってる。ローズの学校は月曜から再開するらしいけど、高校はしばらく休みだろうな」

「その人たちが死んでなくてよかった。パパを起こしてこようか？」

おじさんは首をふった。「寝《ね》かせておけばいい。食料品をしまったら、ふたりで朝食にしよう。そのあと、ぼくはいったん車にもどる。兄さんに手伝ってもらって車から橋の資材をおろしたら、今日からふたりで仮設の橋づくりにとりかかるんだ」

おじさんとわたしはテーブルでいっしょに朝食をとった。食べ終わると、ふたりとも指をクロスして胸《むね》に当てた。

それから、わたしは自分の部屋に行って、ベッドに地図を広げた。車庫からもってきたニューイングランド地方の地図だ。折り目のとおりにきちんとたたんであって気持ちがいい。つぎに、郡の電話帳を開いた。きのうの夜、職業別ページでペット保護施設《しせつ》がのっているところを見つけておいた。思っていたより数が多かった。

必要なものはすべてそろっている。地図、電話帳、電話、メモ帳、ペン。
さあ、作戦開始だ。

行方《ゆくえ》不明の犬をさがす方法（ローズ・ハワード作成）

1　地図上の自分の町にマルをつける。
2　ペット保護施設《しせつ》のある町にマルをつける（電話帳で調べる）。
3　つぎに、それぞれの町に、そこにある施設の名前を書きこむ。
4　コンパスを使って、自分の町を中心に円をかく。円の大きさは、自分の町から半径約25キロとする。
5　それより大きい、自分の町から半径約50キロの円をかく。
6　それよりさらに大きい、自分の町から半径約70キロの円をかく。
7　それよりさらに大きい、自分の町から半径約１００キロの円をかく。
8　円ごとに施設のリストを作る（１つの円に１つのリスト）。
9　施設に電話をかける（自分の町に近い施設のリストから始める）。

10　犬が見つかるまで電話をかけつづける。

地図とリストをもってキッチンに行った。パパはもう起きていた。朝食を食べ終わって、おじさんと話している。わたしは地図を広げた。

「なんだ、それは？」パパがたずねた。

「これはレインをさがすための作戦なの」

パパとおじさんに地図の円とリストを見せた。

「いちばん小さい円の中にあるペット保護施設《しせつ》から電話をかけていって、見つかるまでやるの」

「よくできた作戦だ。かしこいな」と、ウェルドンおじさん。

「それに、おまえはしばらくいそがしくなる」と、パパ。

もしかしたらパパは、わたしがいそがしくなれば、どうしてレインに首輪をつけずに外に出したか質問しなくなるから都合がいいと思っているのかもしれない。

「わたし、新しい同音異義《いぎ》語を思いついたの。〈全体《ホール》〉と〈穴《ホール》〉」

地図とリストを自分の部屋にもっていってドアをしめた。

25 電話をかけまくった話

リストの1番目の保護施設《しせつ》は、〈クリーチャーズ・オブ・コンフォート《いやしの動物》〉という名前だった。どういう意味かよくわからないけれど、そんなことはどうでもいい。うちから11キロ離《はな》れたエフィンガム村のはずれにある。電話をかけてみた。

相手が出て、「もしもし」と言った。

「もしもし、わたしはローズ・ハワード——」

でも、相手は話しつづけた。まるでロボットの声みたいにきこえる。「洪水《こうずい》により、〈クリーチャーズ・オブ・コンフォート〉はすべての業務を休止しております。保護中の動物はベルヴィルの〈ホリデイ・イン〉に一時的に避難《ひなん》させています。おそれいりますが、しばらくたってからおかけ直しいただくか、〈ホリデイ・イン〉のほうにおこしください。ご迷惑《めいわく》をおかけしてもうしわけございません」

留守電の声が終わった。

わたしはリストに目を落とした。電話をかけ終えた施設《しせつ》に×印をつけていくつもりだったけど、これではまだ〈クリーチャーズ・オブ・コンフォート〉に×印はつけられない。そこの人と話はしていないから。べつの日にかけ直さなくちゃならない。リストに記録をつけるのに、べつの印が必要なのに気づいた。ちょっと考えてから、〈クリーチャーズ・オブ・コンフォート〉の欄《らん》に今日の日付を書いて、「かけ直す」と書いた。

リストの2番目の保護施設〈レスキュー・ミー《わたしを助けて》〉に電話をかけると、「もしもし」ときこえてきた。メッセージの続きを待っていたら、相手がまた「もしもし?」と言った。留守電じゃなく、人が出たようだ。

「もしもし、わたしはローズ・ハワードといいます。うちの犬をさがしています。嵐《あらし》のときにいなくなってしまいました」

「こんにちは、ローズ」やさしそうな声。女の人のようだ。「それは心配ですね。犬の特徴《とくちょう》を教えてください」

わたしはレインの特徴を説明して、それから、パパが嵐の中レインに首輪をつけずに外に出したことも伝えた。

「あらまあ。ええと、ここにはレインの特徴と一致《いっち》する犬はいません。でも、飼い主とはぐれてしまった犬やネコが、毎日ここに連れてこられるんです。連絡《れんらく》先をひかえておいて、黄色い毛で足の指が白い中型犬が来たら電話するようにしますね」

「指が白いのは7本です」わたしは念をおした。

「ええ、足の指の7本が白ですね。とてもわかりやすい特徴《とくちょう》だわ」

わたしは名前と電話番号を伝えて、2、3日したらもう一度連絡しますと言った。リストを見て、〈レスキュー・ミー〉の横に「かけ直す2―3」と書いた。2、3日後にかけ直すという意味だ。

リストの3番目の保護施設《しせつ》〈ファーリ・フレンズ《フワフワの友だち》〉に電話して、電話に出た男の人にレインのことを話した。

「あのう、うちはとても小さな保護施設でございまして、嵐《あらし》のあとにもちこまれた犬は、プードルとヨークシャーテリアの2匹《ひき》しかおりません。お役に立てなくてもうしわけありません」

わたしは名前と電話番号を伝えて電話を切ってから、リストに「かけ直す2―3」と書いた。

1つ目のリストだけでも、あと7か所ある。

すべてに電話をかけ終わったあと、リストの左側に作った欄《らん》を見た――かけ直す、かけ直す2―3、かけ直す2―3、かけ直す、応答なし、かけ直す、かけ直す2

―3、意地悪で子どもは相手にしない、かけ直す。
まだレインに結びつく手がかりはない。

午前中ずっと電話をかけつづけた。パパとウェルドンおじさんは仮設の橋をつくっていた。お昼には3人でキッチンに集まって、冷蔵庫《れいぞう》から出したばかりのよく冷えて新鮮《しんせん》なおいしいものを食べた。そのあと、わたしはまたリストを見ながら電話をかけて、パパとおじさんはまた橋の作業をした。
夕方までには、リストのすべての施設《しせつ》に電話をかけ終わっていた。そのうちのいくつかには2回も電話した（子どもは相手にしない意地悪な人のところには、ウェルドンおじさんに電話してもらった）。レインはどこにもいなかった。レインは今もどこかでさまよっているのかもしれない。学校が再開するまで、電話をかけまくらなくては。

ウェルドンおじさんは夕飯が終わるまでうちにいた。パパがホットドッグをテーブルに置いたとき、わたしはおじさんにきいた。

「新聞の広告のことはどうなった？」

「なんだ、広告って？」パパが口をはさんだ。

おじさんはせきばらいをした。「レインのことで新聞に広告を出そうって、ぼくが言ったんだ」

「ふんっ」

「パパはレインがいなくなって、さびしくないの？」

「おれか？　もちろん、さびしいさ」

「じゃあ、どうしてレインを外に出した――」

パパが勢いよく顔をあげたので、わたしはびくっとして体を引いた。

おじさんが顔をしかめた。「どうした？」

「もう一度でもそれを口にしたら、そしたら――」

パパはそこで急に口をつぐんだ。パパはおじさんを見ている。わたしもおじさんを見た。おじさんの目はいつもとなにかちがう。

「やめろ」おじさんは小さな声でパパに言った。「やめろ」

わたしはいすからぱっと立ちあがって、テーブルのまわりで飛びはねた。

「2、3、5、7!」

「落ちついて、ローズ、落ちついて」おじさんがいすをポンポンとたたいた。「いすにもどって、夕飯を食べよう」

わたしはおじさんの言葉をくりかえした。「落ちついて、ローズ、落ちついて。いすにもどって、夕飯を食べよう――ウェルドンおじさん、今の言葉のなかで同音異義語《いぎご》があるのは、わたしの名前だけだよ」

パパはホットドッグを手にもったまま、おじさんとわたしをにらんだ。

「ローズ、だいじょうぶだよ。あのね、今日、新しい同音異義語を考えついたんだ。これはどうかな? 〈弱い《ウィーク》〉と〈週《ウィーク》〉なんだけど?」

わたしはパパがいることを忘《わす》れていた。

「オッケー! 同音異義語のルールにあてはまってる。じゃあ、〈魂《ソウル》〉と〈足の裏《ソウル》〉はどう?」

「すごいね」おじさんはにっこりした。「夕食のあとでリストに追加しよう」

「うん」

わたしはおそるおそるパパに目をやった。パパの機嫌《きげん》をうかがうレインみたいな気分だ。

夕飯が終わるころ、わたしは言った。「わたしたち3人の名前の数を合計して、レインの名前の数を引いたら177で、素数じゃないって知ってた?」

ウェルドンおじさんは、まゆをひそめてじっと考えた。

「それって、いいことなのか?　それとも悪いこと?」

わたしが答えるより先にパパが言った。

「そんなことはどうでもいい」

26　悲しすぎる話

ハリケーン〈スーザン〉の直撃《ちょくげき》から10日後の月曜日、学校が再開した。ハロウィンはもう過ぎてしまったけれど、みんな忘《わす》れていたと思う。ウェルドンおじさんはいつもの時間にうちにやって来た。わたしは玄関《げんかん》ポーチで待っていた。ひとりきりで。なぜかというと、巨大《きょだい》ハリケーンのときに、パパがレインに首輪をつけずに外に出したからだ。

いい天気だけど、空気はひんやりしている。おじさんの車が見えると、わたしは庭をかけおりていって、ぶあつい板を渡《わた》した仮設の橋をそろそろと通った。もう川の水はずいぶん減っているけど、落っこちるのはいやだ。橋の向こうの道路には、パパがサム・ダイアモンドから借りてきた古い黄色の車がとめてある。仮設の橋は車では通れないから、うちの車は外に出せないし、借りた車を庭に入れることもできない。でも、人が渡れる仮設の橋ができたから、なんとか出かけられるようになった。

車に乗りこんでドアをしめると、すぐにおじさんに言った。「〈朝《モーニング》〉と〈追悼《モーニング》〉。〈夜《ナイト》〉

と〈騎士《ナイト》〉」

おじさんはにっこりした。「すごいじゃないか。リストにスペースはあった？」

「うん、だいじょうぶだった」

「保護施設《しせつ》から連絡《れんらく》は？」

わたしは首をふった。「ううん、ない」

「久しぶりの学校に緊張《きんちょう》してる？」

わたしはちょっと考えた。「うん、緊張してる」

きのうパパと車で学校のそばを通ったから、学校のようすはわかっている。変わったところはなかった。それでも緊張している。

「緊張してるのは、どうして？」

わたしは首をふった。自分でもわからない。


教室までミセス・ライブラリーとならんで歩いていった。自分の机《つくえ》が目に入った。ハリケーン〈スーザン〉が来る前と変わっていない。教室のほかのところも前と同じだ。ミセス・ライブラーがいすにすわって、わたしもすわった。気分が落ちついてきた。

ベルが鳴った。クシェル先生が教室の前に立って、みんなにほほえみかけた。

「みなさん、おはよう。みんなに会えてうれしいわ。やっと授業が始められるわね。ここ1週間ほど、とてもこわい思いをしましたが、そろそろ勉強にもどりましょう。でも、勉強を始める前に、今回のハリケーンで体験したことを話してもらおうかしら」

わたしはがまんできなくて、いすから立ちあがった。「クシェル先生、まだです！　アンダースとレノーラがいません」

ミセス・ライブラーがわたしをいすに引きもどして、警告《けいこく》するみたいな目で見た。

クシェル先生が言った。「ローズ、ちょうどそのことについて話そうと思っていたところよ。残念だけど、アンダースとレノーラはもうこの学校に来られないの。ひっこすことになって」

フロウが手をあげて言った。「ふたりとも家が流されてしまったんです」

「無事なの？　あの、アンダースとレノーラは無事なんですか？」パルヴァーニが声をふるわせながらたずねた。

クシェル先生が言った。「ええ、ふたりとも無事よ。安心して。ご家族といっしょに親戚《しんせき》のところで暮《く》らすことになったの」

「みんなで手紙を書いてもいいですか？」パルヴァーニがきいた。

「それはいい考えね。今日の午後、みんなでアンダースとレノーラに手紙を書きましょう。では、嵐《あらし》で体験したことを話したい人はいますか？」

クラスのみんながひとりずつ、この10日間に体験したことを話した。

「妹が腕《うで》の骨《ほね》を折りました。電気が消えて暗かったときに、階段《かいだん》から落ちたんです」と、モーガン。

「ハロウィンの日、お菓子《かし》をもらいに近所の家をまわりたかったけど、うちの親がハロウィンは中止になったって言いました」と、マーティン。

「うちは1階が泥《どろ》だらけになったので、泥をどけてきれいにするまで2階で暮らさなくちゃなりません。家がくさいです」と、フロウ。

クシェル先生がわたしのほうを見た。「ローズ、なにか話したいことはない？ハリケーン〈スーザン〉の影響《えいきょう》はどうだったの？」

「庭の木が2本倒《たお》れました。カバの木とニレの木です。それに、オークの木はたてに裂《さ》けました。ニレの木は根元から折れてます。橋も流されました。それから、嵐のときに、パパがレインに首輪をつけずに外に出して、レインはもどってきませんでした」

パルヴァーニが息をのんで、首をのばしてこっちを見ながら小さな声で言った。

「レインがいなくなったの？」

「うん」

「ハリケーンのあと、行方《ゆくえ》不明のままってこと？」ジョシュがきいた。

クシェル先生とミセス・ライブラリーが顔を見あわせたのがわかった。クシェル先生はまゆをあげて、ミセス・ライブラリーは肩《かた》をすくめた。身ぶりで会話しているみたいな感じだ。

「それは悲しすぎるよ！」モーガンがさけんだ。

「うん、悲しすぎる。それで、わたしはレインをさがす作戦を考えだしました」そして、クラスのみんなに地図と円とリストのことを話した。「それから、わたしのおじさんが新聞に広告を出しました」

「レインが学校に来たときは楽しかったよね」と、ジョシュ。

「レインは最高の犬よ」と、フロウ。

「ローズ、レインが見つかるといいね」パルヴァーニが言った。声がふるえている。パルヴァーニにじっと見つめられて、わたしは目をそらさずにはいられなかった。

クシェル先生がパルヴァーニの肩《かた》にふれて、やさしくたずねた。

「あなたも話したいことがある?」

パルヴァーニは泣きだした。「わたしのママは画家です。倉庫に絵をたくさん保管してました。でも倉庫が水につかって、絵が全部だめになりました。ママが15年かかってかきためていた絵が全部」

わたしはパルヴァーニを見つめた。パルヴァーニのママが画家だとは知らなかった。とても悲しい話だ。

パルヴァーニのほほに涙《なみだ》のすじができていた。教室は静まりかえっている。

「パルヴァーニ?」クシェル先生はパルヴァーニのそばにひざまずいた。

パルヴァーニがしゃくりあげた。

わたしはパルヴァーニに「ちょっと廊下《ろうか》に出る?」ときいてみた。

「ローズ――」ミセス・ライブラーが言いかけたけど、パルヴァーニは「うん」と言って立ちあがった。

泣いていたパルヴァーニは涙をそでぬぐうと、机《つくえ》のあいだをぬって出口に向かった。

「わたしもいっしょに行ってくる」わたしはミセス・ライブラーに断ってから、パルヴァーニを追って廊下《ろうか》に出た。

パルヴァーニは壁《かべ》に額を押《お》しつけた。

なにかなぐさめの言葉をかけなくちゃと思った。

「パルヴァーニ、わたしね、今日の朝、また同音異義《いぎ》語を思いついたの。3個セットのやつ。

〈ふたり組《ペア》〉と〈皮をむく《ペア》〉と〈洋ナシ《ペア》〉。すごくない？」

パルヴァーニが鼻をグスグスいわせながらうなずいた。

「ありがとう、ローズ」

27 ウェルドンおじさんの車で

学校が再開した週の土曜日の早朝、ウェルドンおじさんは前の道路に車をとめて、板でできた橋を歩いて渡《わた》ってきて、玄関《げんかん》のドアをノックした。

「ウェルドンおじさんが来た。行ってもいい？」わたしはパパにきいた。

今日はおじさんとわたしでレインをさがすことになっている。レインがいなくなって2週間たつ。つまり14日。素数じゃない。

「まずは家に入れろ。話がある」

わたしはドアをあけて、おじさんと顔を見あわせてにっこりした。

「用意できてる？」おじさんがきいた。

「うん」

「ちょっと待て」パパが声をかけた。シンクのところに立って、オレンジジュースをパックからじかに飲んでいる。そして親指でわたしを指して言った。「5時までに連れて帰ってこい。

それから、アイスやら買って甘《あま》やかすんじゃないぞ」

おじさんが答えた。「ボローニャソーセージのサンドイッチを作ってきた。車に置いてある。今日一日、行方《ゆくえ》不明の犬をさがすわけだけど、食べるのはそれだけだ」

パパはおじさんにするどい目を向けた。「それはいやみか?」

「事実を言っただけだよ」

「ふんっ。まあいい」パパはちょっと口をつぐんだ。「いっしょに行けなくて悪いな。今日から車用の橋をつくりにかかるからさ」

わたしはパパに「行ってきます」を言ってから、おじさんと急いで車に向かった。

「忘《わす》れ物はないか?」車に乗りこむと、おじさんがきいた。

「だいじょうぶ」

わたしはリストと地図をはさんだフォルダーを手にもっている。今日はハットフォードに近い保護施設《しせつ》をまわることにしている。つまりいちばん小さい円の中にある施設だ。わたしはすべての施設にすでに電話をかけていて、黄色い毛で足の指の7本が白い中型犬はいない、ときかされていた。でも、自分の目で確かめたかった。それに、今日にも新たな犬が施設に入ってくるかもしれない。

おじさんはリストを見て、ちょっと考えてから車のギアを入れた。

「まず〈レスキュー・ミー〉に行って、そのあと〈ファーリ・フレンズ〉に行こうか」

「〈ファーリ・フレンズ〉って、ものすごくていねいなしゃべりかたの人のところよ」

おじさんは笑ってから、車を発進させた。

この日は一日、車で移動しては保護施設《しせつ》を訪《たず》ねるというのをくりかえした。施設に着くとふたりで中に入って、わたしが受付カウンターに行って話しかける。「こんにちは。わたしはローズ・ハワードといいます。こちらはおじのウェルドン・ハワードです。うちの犬をさがしています。嵐《あらし》で行方《ゆくえ》不明になりました。この前、ここに電話しました。でも、自分の目で確かめたくて来ました」

わたしは話す内容を暗記している。きのうの夜、おじさんに手伝ってもらって原稿《げんこう》を書いた。知らない人にこれだけ話すのはたいへんだけれど、これでレインが見つかるなら、がんばる価値《かち》がある。

前にわたしが電話したのを覚えている人もいたけれど、覚えていない人もいた。〈意地悪で子どもは相手にしない〉男の人も、わたしを覚えていなかった。こっちは声を覚えていたから、すぐに同じ人だとわかったけれど、今回はずいぶん親切だった。きっとウェルドンおじさんがいっしょだったからだ。

暗記してきた言葉を言うと、どの施設《しせつ》でも、迷い犬や野良犬を入れてあるケージのところに案内してくれた。レインがいないか、わたしたちはケージをひとつひとつのぞいた。

午前中に4軒《けん》の施設を訪《たず》ねたあと、車の中でボローニャソーセージのサンドイッチを食べて、そのあと残り6軒の施設をまわった。

レインはいなかった。

10軒訪ねてもレインは見つからない。2、3、5、7……。

10軒目を出たところで、おじさんが言った。

「ローズ、もう帰る時間だ。5時までに連れて帰るって約束だからね」

わたしは助手席にすわって、あごを片手《かたて》にのせて前を見ていた。返事はしなかった。11、13、17……。

「疲《つか》れたか？」

「うん」

「アイスを食べて帰ろう」

わたしは横目でおじさんを見た。「アイスを買ったりしないって、パパと約束したのに」

「こんなにハードな一日になるとは思わなかったからね。アイスを食べてもいいくらい、がんばっただろ？」

「わからない」

「パパに内緒《ないしょ》にできるか？」

「うそをつくってこと？」

「まあね。でも、決めたことを取り消してもいいことだってあるんだ。たしかに今朝、アイスは買わないって約束した。でも、10軒《けん》まわってもレインが見つからなかったんだから、アイスくらい食べてもいいと思うんだ。わかるか？」

「わかった」そのとき、わたしはぱっと顔をあげた。「ウェルドンおじさん！　あの車の女の人、携帯《けいたい》で話しながら運転してる。交通ルールに違反《いはん》してる！」

「ローズ、アイスのことを考えよう。なに味にする？」

わたしは目をつぶった。「イチゴ」

アイスクリームの店に着くまで、わたしはずっと目をつぶっていた。

28　算数の時間に、やってはいけないこと

月曜日は、雨でどんよりしていた。もしレインがまだ外をさまよっているなら、寒くてふるえているだろう。

クシェル先生が算数の復習プリントを配った。足し算、引き算、かけ算、わり算の問題がずらっとならんでいる。こういうプリントは好き。とても規則的だから。1枚《まい》に3列。それぞれの列に10問ずつ。

問題が簡単《かんたん》そうだったから、気がゆるんでレインのことを考えはじめた。そうしたら、レインのことで頭がいっぱいになってしまった。悲しくなってきたから、プリントの1枚目に素数がいくつあるか数えることにした。

「23個！」ミセス・ライブラーに大声で言った。しんとした教室にわたしの声がひびいた。

「1枚目には素数が23個ある。それに、23は素数よ」

「ローズ」ミセス・ライブラーがわたしをまっすぐ見て、小声で言った。「集中できないの？

まだ1問も解いてないわよ」

「うん、集中できない」

「じゃあ、ひとつずつやっていきましょう。この問題は？」

ミセス・ライブラーはいちばん上の行の最初の問題を爪《つめ》でたたいた。

わたしはその問題を見た。

$$\begin{array}{r} 247 \\ \times\quad 3 \\ \hline \end{array}$$

まず7と3をかければいいのはわかるけど、頭が7も3も21も受けつけない。レインの姿《すがた》しか頭に浮《う》かばない。雨の中で迷子になっているレイン。びしょぬれで、寒さにふるえていて、おなかをすかせているレイン。

「ローズ？」ミセス・ライブラーが今度はわたしの腕《うで》を爪《つめ》でたたいた。トン、トン、トン。赤く塗《ぬ》った爪が肌《はだ》にあたっている。

わたしはさっと腕を引いた。

「ローズ？」

「やめて！　やめて！」

クシェル先生とミセス・ライブラリーが顔を見あわせたのがわかった。

「廊下《ろうか》で休憩《ブレイク》しましょう」ミセス・ライブラリーはわたしを連れ出した。

「見つけた！〈休憩《ブレイク》〉と〈ブレーキ《ブレイク》〉は同音異義語《いぎご》だ！」

わたしは床《ゆか》にしゃがみこんだ。

「気持ちを落ちつけるために、ちょっと時間《タイム》をとりましょうね」

「また見つけた！〈時間《タイム》〉とハーブの〈タイム〉も同音異義――」

「シーッ」ミセス・ライブラリーがくちびるに指を当てた。

わたしは気持ちをしずめようとした。少し落ちついてきたので、ミセス・ライブラリーに言った。「少し落ちつきました」

「じゃあ、入りましょう」

ミセス・ライブラリーがドアをあけて、わたしは席にもどった。

クシェル先生がわたしに顔を近づけてささやいた。「ローズ、気分はよくなった？」

「新しい同音異義語を見つけたんです。うちに帰ったらリストに追加しなくちゃ」

くすくす笑う声がきこえた。ジョシュがわたしを見てから、パルヴァーニのほうを向いて目をぐるりと回したのがわかった。

でも、パルヴァーニはジョシュから目をそらして首をふった。きっとパルヴァーニはわたしの味方をしてくれたんだ。お礼を言おうとして口を開いたのに、言葉じゃなくて泣き声があふれでた。

ミセス・ライブラーはまたわたしを廊下《ろうか》に連れだした。

学校から帰っても、レインが待っていてくれないなんて——。

29　からっぽの時間

学校が終わると、ウェルドンおじさんに送ってもらってうちに帰る。そのあと、おじさんはまた仕事にもどる。

パパの帰りを待つあいだ、最近のわたしがしていること――。

・ママの箱を見る
・宿題をやる
・夕食のしたくをする

もうできなくなったこと――。

・レインといっしょにポーチにすわる
・レインと散歩に行く

・レインに食事をあげる

午後が長い。からっぽの時間ばかり——ママの箱をのぞいてから宿題を始めるまでの時間、宿題を終えてから夕食のしたくをするまでの時間。からっぽの時間をどうすればいいのかわからない。前はレインがその時間をうめていた。

からっぽの時間をどうやってうめればいいの？

30 うれしい知らせ

ハリケーン〈スーザン〉から3週間たった金曜日、いつものようにウェルドンおじさんが学校に迎《むか》えにきた。車でハド通りを走ってうちに近づいたとき、サム・ダイアモンドの黄色い車が道路にとめてあるのが見えた。パパが橋のほうに工具を運んでいる。

なんでパパはこんな早い時間にうちにいるんだろう。今日は夕方までJ&R自動車修理工場に行っていると思っていたのに。

おじさんは橋の手前に車をとめた。ふたりとも指をクロスして胸《むね》に当ててから、わたしは車を飛びおりてドアをしめた。ふりかえったとき、パパとぶつかりそうになった。パパはきつい目つきで車の窓《まど》に顔をつっこんで、おじさんに言った。「今日、あのクソ野郎《やろう》がおれをクビにしやがった」ジェリーのことだ。わたしには汚《きたな》い言葉は使うなっていつも言っているくせに。

「クビだとよ。なんの理由もなくな」パパは両手で車をたたいた。

「えっ？　これからどうするんだ？」

「橋を仕上げる」

「そのあとは？」

「そのあと？　知るかよ」

「少しは先のことを考えないと。その日暮《ぐ》らしはまずいよ」おじさんはまだなにか言いたそうだったけど、パパがさえぎった。

「やることはたくさんある。庭はひどい状態だしな。まだまだいそがしいぞ」

「そういうことをきいたんじゃないよ」

わたしは運転席のそばまで走っていって、背《せ》のびしながらおじさんにささやいた。「お金はどうするの？」

パパが車の向こう側から声をあげた。「ローズ、見えてるし、きこえてるぞ。食っていけないと思っているのか？　だいじょうぶだ。とっとと家に入れ」

わたしは急いで橋を渡《わた》った。おじさんがせきばらいをするのが後ろからきこえた。「ローズが心配するのも当然だ。金はどうするんだ？　ローズには新しい服だって必要――」

パパがこぶしを車にぶつけた。

「ローズのことでおれに指図するな」声はおだやかだけれど、手に怒《いか》りがこもっている。

それで会話は終わりだった。車の発進音をききながら、わたしはポーチにかけあがり、からっぽのソファーのわきを通って家にかけこんだ。

電話をもって自分の部屋に行くと、リュックを床《ゆか》に投げだして、保護施設《しせつ》のリストをとりだした。リストアップした施設には、すでにひとつ残らず電話をかけ終わっている。でも、いちばん遠いグループ、つまり地図にかいたいちばん大きい円の中の施設にはまだ1回ずつしか電話していない。もう一度電話をかけてもいいころだ。念のために。レインははるか遠くまで流されたかもしれないし、においがわからなくて、ちがう方向に行ってしまったかもしれない。

まず、ブーントン動物保護センターに電話した。レインはいなかった。

セーフ・ヘブン動物シェルターに電話した。レインはいなかった。

オリヴァーブリッジ・ペット里親ネットワークに電話した。レインはいなかった。

それから、ハッピー・テイル動物《しあわせのしっぽ》シェルターに電話した。相手が出たあと、留守電じゃなく人の声なのを確認《かくにん》してから言った。

「もしもし、前に電話したローズです。うちの犬、レインがまだ見つかりません。レインはハリケーンのときにいなくなりました。毛が黄色で、足の指の7本が白い犬です。そっちに届《とど》けられてないですか？」

電話に出た男の人が言った。「犬の大きさは？　体重はわかりますか？」

「11キロです」11が素数だとは言わないように気をつけた。素数のことは、この会話にふさわしくないから。

「それで、足の指は白なんですね？」

「ぜんぶじゃありません。7本です。右前足の2本と、左前足の1本と、右後ろ足の3本と、左後ろ足の1本が白です」

「ちょっとお待ちください」

電話の向こうでだれかと話しているのがきこえた。レインの指の色のことを伝えている。そしてわたしに言った。「もうちょっと待ってもらえますか？」

長いあいだ待たされた。わたしは窓《まど》の外をながめながら同音異義《いぎ》語を考えた。

やっと相手の声がした。

「それに当てはまる犬がここにいます」相手の声がはずんでいる。「何日か前に連れてこられたんです。毛が黄色の若いメスで、足の指の7本が白です。ちょうど言われたとおりなんです。こちらも飼い主さんをさがそうとして――」

手がふるえだした。電話が落ちて床《ゆか》に転がった。なにも考えられない。両手を耳に当ててベッドの上でぴょんぴょん飛びはねた。それから下におりて電話を拾いあげた。

「もしもし？　もしもし？」相手の声がしている。

わたしは電話を切った。そして、すぐに発信ボタンを押《お》した。ウェルドンおじさんの電話番号を押してから、まだおじさんは会社にもどっている途中《とちゅう》だと気づいて電話を切った。地図をとりだして、ハッピー・テイル動物シェルターがあるニューヨーク州のエルマラを大きな赤いマルで囲った。両手をおしりの下にしいて、ママの箱に入っているものをひとつひとつ思いうかべてみた。それから、またおじさんに電話をかけた。

おじさんは1コールで出た。「どうした？」

「レインがエルマラにいるかも！　そこの施設《しせつ》に、黄色い毛で足の指の7本が白い犬がいるの。何日か前に連れてこられたんだって。エルマラに行ける？　おじさん、お願い！」

「明日の朝9時に迎《むか》えに行くよ」

31 ハッピー・テイル動物シェルター

朝8時45分には、わたしはポーチのソファーにすわっていた。もしかしてウェルドンおじさんが早く着くかもしれないと思ったから。おじさんは8時55分に来た。わたしはソファーから飛びあがって、パパに「行ってきます」を言うと、車まで走っていった。

エルマラに向かう車の中では、おじさんもわたしも明るい気分だった。ふたりで同音異義語《いぎご》や素数の話をして、それからわたしはパルヴァーニのお母さんの絵のことを話した。

「パルヴァーニは学校で大泣きしたの。すごく悲しかったんだと思う。それで同音異義語を教えて元気づけたんだ」

エルマラに近づくにつれて、わたしのおしゃべりはとまらなくなっていった。

「ウェルドンおじさん！　ウェルドンおじさん！　ハッピー・テイル動物シェルターの看板《かんばん》よ！　〈しっぽ《テイル》〉には同音異義語がある。〈物語《テイル》〉よ。これって、いいことが起きる合図だよね？　そうでしょ？　きっとそう。施設《しせつ》にいる黄色い毛で足の指の7本が白い体重11キロの犬は、ぜったいレインよ。11と7はどっちも素数なの」

「ローズ」おじさんがおしゃべりをさえぎった。「あまり興奮《こうふん》しないで。万が一ってこともあるからね」

「万が一って？」

「黄色い毛で足の指の7本が白い犬が、レインじゃない可能性もある。わかった？」

「わかった」それでも、わたしはうれしくてシートの上で飛びはねていた。

おじさんはウィンカーを出して左に曲がり、じゃり道を音を立てて進んだ。〈ハッピー・テイルはこちら〉という看板《かんばん》が見えた。行きどまりに駐車場《ちゅうしゃじょう》があって、そばに平屋の細長い建物がある。〈ハッピー・テイル〉と書かれた、さっきより大きい看板があった。文字の下に、犬とネコがしっぽをからませながら丸くなって寝《ね》ている絵がかいてある。

「どこに車をとめる？　どこに車をとめる？」わたしはさけんだ。

「ローズ、落ちついて。ここにとめよう。あっちに〈オフィス〉って書いてあるね。さあ、行こう」

わたしはおじさんより先に駐車場をかけぬけて、〈オフィス〉の看板をめざして進んだ。入り口のドアをあけると、中は待合室になっていて、デスクが1つと、プラスチックのいすがたくさんあった。何人かすわっていたけれど、ほとんどのいすが空いている。わたしはその人たちには目もくれなかった。デスクにいる男の人しか目に入らない。

「ローズ、あせらないで！」おじさんが笑いながら後ろから声をかける。

わたしはデスクに近づいて、背《せ》のびして男の人に話しかけた。

「わたしはローズ・ハワードです。きのう、うちの犬のことで電話しました」

レインのことをまた説明すると、その人の顔に笑みが広がった。

「来てくれると思っていたよ。ちょっと待っててくれるかな。責任者を呼《よ》ぶからね」

その人がデスクの電話で連絡《れんらく》をしてしばらくすると、奥《おく》のドアが開いて、女の人が入ってきた。手にリードをもって呼びかけている。「おいで。こっちよ。おいで」

リードは女の人の手もとからドアの向こうに続いている。わたしは真剣《しんけん》に見つめた。ようやくリードの先が見えてきた。

「レイン！」

わたしはレインにかけよった。最初、レインはとまどっているようだった。待合室にいる知らない人たちをきょろきょろ見ている。でも、ウェルドンおじさんとわたしを見つけると、ぴょんぴょん飛びはねてほえだした。

わたしはすべるようにひざをついて、レインを抱《だ》きしめた。レインは全身をふるわせて激《はげ》しくしっぽをふった。それから、わたしの両肩《りょうかた》に前足をのせて顔をなめた。

「レイン」わたしはもう一度呼《よ》んだ。そして後ろをふりかえって、おじさんに小さな声で言った。「ほんとにレインだ」

おじさんは泣いていた。リードをもっている女の人も、デスクにいる男の人も、プラスチックのいすにすわっていたふたりの人も泣いている。

わたしも涙《なみだ》がほほをつたっていたけれど、レインがぺろぺろなめてくれたから、気にしないですんだ。

レインとわたしがようやく落ちついて、みんなが泣きやむと、責任者の女の人がウェルドンおじさんに手を差しだした。「はじめまして。ジュリー・カポラーリです」

おじさんとカポラーリさんはしばらく話をしていた。わたしはふたりの話をほとんどきいていなかった。床《ゆか》にすわったわたしのひざにレインがのってきて、わたしはレインの耳や足先をなでながら、体のすみずみまでチェックした。やせたみたいだ。顔にいくつか切り傷があって、おなかには虫に刺されたようなあとがある。でも、まちがいなくわたしのレインだ。

ずいぶんたってから、カポラーリさんがおじさんに話している言葉がきこえてきた。「再会できて本当によかったですね。飼い主さんにまちがいないと思いますが、引き渡《わた》しの前には手続きが必要です。なにか本人確認《かくにん》できるものを見せていただけますか？　マイクロナップの情報と一致《いっち》するか確認しなくてはならないんです。ちょっとわからないことがあるんですが、マイクロチップによると、名前はオリヴィアで、レインではないですね」

わたしは首をねじってウェルドンおじさんを見た。

「運転免許証《めんきょしょう》を出すのはかまわないんですが、ぼくはローズのおじで、父親ではないんです。それに――」

わたしは口をはさまずにはいられなかった。

「マイクロチップってなに？」

32　マイクロチップとは

マイクロチップというのは、直径2ミリ、長さ1センチくらいの小さなチップで、獣医《じゅうい》さんがペットの首のあたりに注射《ちゅうしゃ》して入れるらしい。そのチップの中に、飼い主の名前や連絡《れんらく》先などが記録されている。

「わたしたちはオリヴィア——あ、ごめんなさい、レインがここに来たときに、機械でマイクロチップを読みとりました」カポラーリさんは言った。

カポラーリさんはマイクロチップについて長々と説明している。わたしは話をさえぎらないように必死でこらえていたけれど、とうとうがまんしきれなくなった。

「うちはレインにマイクロチップなんて入れてません！　獣医さんに連れていったことだってないんです」

「でも、マイクロチップが入っているのは確かなのよ」

「本当に？」胃がしめつけられるような感じがする。

「もちろん本当よ。チップを読みとったから、名前がオリヴィアだとわかったの」カポラーリさんは顔をしかめて空いているいすにすわり、もっていたファイルを開いた。そしてウェルドンおじさんのほうを向いた。「それじゃ、あなたはグラバーズタウンのジェイソン・ヘンダーソンさんではないんですか？」

おじさんは首をふった。

「わたしたちはヘンダーソンさんに何度も電話したんですが、連絡《れんらく》がつかなかったんです。だから、きのうローズから電話をもらったときは、とても喜んだんですよ。こちらが電話番号をきく前に電話が切れちゃいましたけどね。あ、ここの電話、ハリケーンのあとずっと調子が悪いから」そう言って、カポラーリさんはわたしにほほえんだ。「ローズ、あなたのこと、ヘンダーソン家の子かと思ったの。ハリケーンの影響《えいきょう》でひっこしたんだろうと言っていたのよ。グラバーズタウンは大きな被害《ひがい》を受けたし、ヘンダーソンさんのお宅《たく》に何度電話をしても、話し中みたいな、みょうな連続音がするだけだったから。それに、マイクロチップには携帯《けいたい》電話の番号は登録されていなくて、連絡のとりようがなくて……」

わたしはまたレインと床《ゆか》にすわりこんだ。抱《だ》きしめると、レインの毛が首に当たる。ふんわりしているから、きっとここに来てからお風呂《ふろ》に入れてもらったんだと思う。わたしはレインの顔にほほをくっつけてささやいた。

「レイン、あなたはだれなの？」

33 カポラーリさんの話

カポラーリさんとウェルドンおじさんは、まだ話をしている。わたしは床《ゆか》にすわって、レインとパパのことを考えていた。

パパがレインを連れて帰ったあの夜のことを思いかえした。パパはマイクロチップのことを知らなかったのか？　それとも飼い主をさがす気がなかっただけか？

ハリケーンのなか、パパは首輪をつけずにレインを外に出した。

そういえば、パパはレインをさがすのを少しも手伝っていない。

わたしはふりかえって、カポラーリさんに言った。

「パパは雨の中でレインを見つけたの。だから、わたしはレインって名前をつけました。それにレインには同音異義《いぎ》語があるから（カポラーリさんはとまどった顔をした）。レインは首輪をつけていなくて、ひとりでいたんです」

「飼い主さんをさがしてみたの？」カポラーリさんがたずねた。

わたしは首をふった。「パパが言ったんです。レインに連絡先《れんらく》を書いたものがついてないから、さがしようがないって。それに飼い主がいたとしても、あまり大事にされてなかったはずだって」いったん口をつぐんで、小さい声でつけくわえた。「でも、飼い主さんはマイクロチップを入れるほど、レインを大事にしてたんだ」

カポラーリさんはわたしを見て、やさしく言った。

「ペットが飼い主と離《はな》れ離れになるのには、いろんな理由があるの。迷子になったり、はぐれたりするのは、飼い主が無責任だからとはかぎらないのよ」

ヘンダーソンさんのことを言っているのか、それとも、パパとわたしのことを言っているのか、よくわからなかった。

わたしはうなずいた。なぜかまた泣きたくなったので、素数をとなえた。2、3、5、7、11。でも、心の中でとなえたから、自分にしかきこえていない。

ウェルドンおじさんはレインとわたしからカポラーリさんに目をうつした。

「どうしましょうか？　レインは置いていきましょうか？」

「だめ！」わたしは勢いよく立ちあがった。

レインも立ちあがった。不安そうな顔でわたしの足によりかかって、手に鼻をすりよせてくる。

カポラーリさんはふうっと息をはいて、額の前髪《まえがみ》を吹《ふ》き飛ばした。

「こういうケースは初めてなので、スタッフと相談させてください」

カポラーリさんは待合室を出ていって、おじさんとわたしはいすにすわった。レインが飛び乗ってきて、わたしのひざに顔と前足を、おじさんのひざにおしりをのせて寝《ね》そべった。

「オリヴィアが同音異義語《いぎ》のある名前だったら、もうちょっと気分はましだったのに」

おじさんは悲しそうにほほえんだ。

しばらくたって、カポラーリさんがもどってきて、おじさんのとなりにすわった。

「こうしませんか。ヘンダーソンさんに何度電話しても連絡《れんらく》がつきませんし、レインがローズと1年いっしょに暮《く》らして、ローズのことが大好きなのはよくわかるので――」

「わたしもレインが大好き」

「――そう、ローズもレインが大好きなので、とりあえずレインを連れて帰っていただきましょう。それがいちばんいいと思うんです。レインはこのシェルターにいるより、あなたがたと暮らすほうが幸せに決まっていますからね」

「ありがとう！」わたしはさけんだ。

「ただし」カポラーリさんは話を続けた。「わたしたちは引き続きヘンダーソン家をさがします。ハリケーンの影響《えいきょう》でふだんよりいそがしいんですが、さがそうと思います。それで、もしあちらと連絡《れんらく》がついて、あるいはあちらから連絡があって、レインを返してほしいと言われたら、そのときは……」カポラーリさんは手を広げて肩《かた》をすくめた。「レインはヘンダーソン家の犬ですから――というか、もともとはそうだったわけですから。では、この書類に連絡先を書いてください。こちらでファイルしておきます」

カポラーリさんはわたしにその書類を差しだしながら、ウェルドンおじさんを見た。

「ぼくが書きます。ローズと父親の連絡先と、ぼくの連絡先を両方書いておきます」

5分後、わたしたちはハッピー・テイルのオフィスを出た。レインを真ん中にはさんで。

第四部　つらい決断

34　わたしがしなければならないこと

おじさんとわたしが、板でできた仮の橋の手前に車をとめて、レインといっしょにおりていくと、庭で作業をしていたパパがびっくりしたような顔をした。目を見開いて、だまっている。

わたしたちはレインを先頭に橋を渡《わた》った。おじさんがわたしの手を引いてくれた。レインは不安定な木の橋に慣れていないから、そろそろと歩いている。庭に入ると、工具や板に囲まれて立っているパパに気づいて、小さくしっぽをふった。

パパはやっと口を開いた。「いや、なんとまあ」

わたしにはどういう意味かわからなかった。

「レインが見つかったの」

「ああ、そのようだな」

「パパ、うれしい？」

パパがひざをつくと、レインがかけよった。

「びっくりした。それだけだ。おまえがレインをさがし当てたなんて」

びっくりしているように見えたのは、当たっていたんだ。

「作戦を立てて、それが成功したの」

「そうだな」パパはレインをなでた。

「けど――」わたしの後ろからウェルドンおじさんが言った。「ちょっと……問題が」

パパがさっと顔をあげて、立ちあがった。「問題？」

おじさんはヘンダーソンさんのことと、マイクロチップのことを話した。

おじさんが〈マイクロチップ〉と言ったとき、わたしはパパの顔をじっと見ていた。パパは顔をしかめていた。

「レインには最初から連絡《れんらく》先がついていたんだよ」

わたしが言うと、パパがきつい目でわたしを見た。

「なんだと？」

わたしはちょっと考えてから、もう一度言った。

「レインには最初から連絡先を書いたものがついていたんだよ」

パパは首をふった。

「いいか。おまえは自分の犬をとりもどしたんだ。もういいだろ」

ハッピー・テイル動物シェルターから帰ってくるとき、レインはわたしのひざにすわっていた。ほとんど身動きしないで、顔をわたしのほほにぴったり押《お》しつけていたから、ひげが当たるのを感じたし、レインが呼吸《こきゅう》するたびに空気が伝わってきた。レインは何度もこっちを向いて、わたしの鼻をなめていた。

わたしは庭を見まわした。パパとわたしでずいぶん片《かた》づけた。パパは車用の橋をつくりはじめたし、今は仮の木の橋があるから歩いて外に出られる。電気も電話も復旧して、学校も再開した。なにより大事なのは、レインが帰ってきたこと。

うれしいと感じるのがふつうなんだと思う。パルヴァーニのお母さんは、もし絵がぜんぶきれいにもとどおりになったら、うれしいと感じるだろう。でも、わたしはうれしくはなかった。そのかわりに、なにかがおかしいと感じていた。

わたしはウェルドンおじさんに手伝ってくれたお礼を言って、レインと家に向かった。レインは家に入るまで、枝や、丸太や、草や、ポーチの階段《かいだん》やソファーなど、途中《とちゅう》のいろいろなもののにおいをかいでいた。家の中でもクンクンにおいをかぎながらわたしの部屋に入って、ベッドに飛び乗ってこっちを見た。わたしはとなりにすわって、レインの首に腕《うで》を回した。

そのとき、やっぱりなにかおかしいと感じて、わたしは泣きだした。レインの毛に顔をうずめて泣いているあいだ、レインはじっとすわって、ときどきふり向いてほほをなめてくれた。しばらくして、わたしはティッシュではなをかんで泣きやんだ。

なにがおかしいのか、わかった。それはちょっと前にパパが言った言葉だ。

「おまえは自分の犬をとりもどしたんだ」

自分の犬をとりもどした、自分の犬をとりもどした――。

ちがう。レインはわたしの犬じゃない。ヘンダーソン家の犬だ。もともとはそうだった。ヘンダーソンさんはマイクロチップを入れるくらい、レインを大事にしていた。理由はわからないけれど、レインは家族と離《はな》れ離れになってしまった。ヘンダーソンさんはきっと、またレインと暮《く》らしたいと思っている。とくに今、ハリケーンで家をなくして、すごく、すごく悲しい思いをしているなら、その気持ちは強いはず。

自分がするべきことはわかっている。

そんなこと、したくはないけど、ルールはルール。従《したが》わなくちゃいけない。

どこかでヘンダーソン家の人たちが、レインのことを思っている。レインがいないあいだわたしがさびしかったのと同じくらい、さびしく思っているなら、レインに会いたくてたまらないはずだ。それにレインはヘンダーソン家のものだ。シェルターの人がいつからヘンダーソンさんをさがしはじめるのかわからないけれど、わたしは今から始めなくちゃならない。

ヘンダーソンさんをさがして、レインを返さないと。

レインはふうっと息をはいてベッドに寝《ね》そべった。わたしはとなりに横になった。わたしがなにを考えているか、レインはわかっているのかな。

レインの書類に書かれていたマイクロチップの情報を思いうかべた。カポラーリさんはウェルドンおじさんにヘンダーソンさんの連絡《れんらく》先を教えなかったけれど、わたしは書類をちらっと見て、電話番号と住所を暗記してしまった。だからヘンダーソンさんの家がどこにあるか、いや、どこにあったか、知っている。これはヘンダーソンさんをさがすのに役立ちそうだ。

頭の中で計算した。H-E《ヘ》-N《ン》-D《ダ》-E-R《ー》-S《ソ》-O-N《ン》という名前のアルファベットの数字は合計１０２。もちろん素数じゃない。オリヴィアも素数じゃない。

これにはなにか意味があるのだろうか。

35 クシェル先生のアドバイス

ハリケーン以来、クシェル先生は毎朝はじめに、発表したいことがある人はいないかたずねる。朝の15分、生徒たちは手をあげて、自分の困《こま》っていることや、なやみが解決したことなんかをクラスのみんなに話す。レインを連れて帰ったつぎの週の月曜日、わたしはみんなに発表した。

「レインがもどってきました。ニューヨーク州エルマラのハッピー・テイル動物シェルターで見つけました」

みんなが質問してきた。

「ケガしてなかった？」

「ローズのこと、覚えてた？」

「ローズに会えて喜んでた？」

「レインはどうやってエルマラまで行ったの？」

「どうしてにおいをたどって自力で家にもどれなかったの？」

わたしはできるかぎり質問に答えた。ヘンダーソンさんのことと、マイクロチップのことは話さなかった。

わたしはひそかに新しい作戦を進めている。まずは、ヘンダーソン家に電話をかけてみたけれど、カポラーリさんの話のとおり、話し中みたいな変な音がするだけだった。これでは、どうやってヘンダーソン家の人たちをさがせばいいかわからない。でも、相談できる人がひとりいる。

ある朝、ウェルドンおじさんにたのんで、いつもより10分早く学校に送ってもらった。ミセス・ライブラーより先に着いたから、わたしはひとりで教室まで歩いていった。クシェル先生はもう席にいた。教室にはほかにだれもいない。

「クシェル先生」

先生はびくっとした。「ローズ！　早いわね」

わたしは先生をじっと見た。「質問があるんです」

先生はペンを置いて、真剣《しんけん》な目でわたしを見た。「どうぞ」

「迷い犬を見つけた人は、どうやって飼い主をさがしますか？」

「そうねえ、新聞に広告を出したり、逆に飼い主さんが広告を出していないか新聞をチェックしたりするわね。それから、犬の写真をのせたチラシに、いつどこで見つけたかを書いて貼《は》りだすとか。獣医《じゅうい》さんやペット保護施設《しせつ》に電話したり、インターネットで迷子のペットさがしのサイトに投稿《とうこう》したり」

「うーん……」

クシェル先生は顔をしかめた。「ローズ、迷い犬を見つけたの？」

「はい」わたしはうなずいた。

36 レインのいた町

パパが家にいないときに、何度もこっそりヘンダーソン家に電話をかけてみた。そのたびに話し中みたいな連続音がした。でも、ウェルドンおじさんに電話して話し中だったときの音とはちがう。最近はたいていの人がキャッチホンをつけているから、話し中に電話しても音はしない。ヘンダーソン家はウェルドンおじさんみたいに、キャッチホンをつけていないのかもしれない。でも、通話中の音にしてはへんだ。きっと電話がこわれているんだと思う。

だから、クシェル先生が迷い犬のチラシを作るのを手伝ってくれるのはありがたかった。先生は新聞に広告を出したり、迷子のペットさがしのウェブサイトに投稿《とうこう》したりしてくれると言っていた。

でも、すぐに困《こま》ったことが起きた。わたしがそれに気づいたときの会話がこれ。

クシェル先生「まずはじめに、見つけた犬の写真を撮《と》らなくちゃね。写真は言葉で説明するよりずっとわかりやすいから」
ローズ・ハワード「写真？」
クシェル先生「そうよ。写真、撮《と》れる？」

写真は撮れるけれど、撮りたくない。レインの写真だと先生に知られたくない。
それでも、わたしはうなずいた。

クシェル先生「よかった。つぎは、写真の下に〈預かっています〉と大きく書いて、それから犬の特徴《とくちょう》を書くのよ」
ローズ・ハワード「犬の写真があるのに？」
クシェル先生「そう。もっとくわしいことを書いておくの。たとえば、何歳《さい》くらいかとか、体重とか、見つけた場所ね」
ローズ・ハワード「ああ」

レインのチラシを作るのは、後まわしにしようと思った。まだクシェル先生にレインのことを話す心の準備ができていないから。

でも、ウェルドンおじさんには新しい作戦について話すことにした。ある夜、わたしはおじさんに電話をかけた。「ヘンダーソン家をさがさなくちゃいけないと思うの」

「ヘンダーソンって？」

「レインの本当の飼い主さん。さがさなくちゃ。当然のことよ。ルールはルールだから。ルールっていうのは、悪口を言っちゃいけないとか、算数ゲームを使い終わったら、プリントが終わった人のために片《かた》づけるとか、それから——」

「レインを元の飼い主に返すことが、ルールなのか？」

「うん」

「でも、ローズ……本当にそうしたいと思ってるのか？」

「だって、うちがレインをぬすんだことになるんだよ」わたしは小さな声で言った。

「それは考えすぎだよ」

わたしはしゃべりながらずっとレインをなでていた。

「ううん、ほんとのことよ。わたし、新しい作戦があるの」

グラバーズタウンのヘンダーソン家の住所を知っていることを、おじさんに打ちあけた。

「まずは家をさがすの。ハリケーンで電話がこわれただけで、まだそこに住んでるかもしれないから」

翌日《よくじつ》の土曜日、ふたりでグラバーズタウンに行くことにした。その日は朝早く出発した。パパはやっと起きてきたところで、下着姿《すがた》でキッチンのいすにすわって、ぶつぶつつぶやいたり、J&R自動車修理工場の人たちの悪口を言ったりしていた。

グラバーズタウンまではハットフォードから約50キロ。エルマラとは反対方向だ。

町に向かう車の中でウェルドンおじさんは言った。

「グラバーズタウンはハリケーン〈スーザン〉の被害《ひがい》がとくにひどかった町なんだ。ほとんどなにも残ってないかもしれないな」

そのとおりだった。町に着いてみると、メインストリートだったところが干《ひ》あがった川床《かわどこ》のようになっていた。道の両側では、なにもかもがこわれたままだ。建物のポーチの床板《ゆかいた》がたわんで地面に落ちていて、柵《さく》はもぎとられている。歩道はもう見分けがつかない。こわれた店の窓《まど》にはいいかげんにテープが貼《は》ってあって、商売を立て直す気なんかないように見える。人はひとりもいない。

車で町をぐるっと回って、ようやくヘンダーソン家の住所のある通りを見つけた。さびれた田舎道で、がれきばかりで家は1軒《けん》も残っていない。しばらくして、ようやく「2番地」と書いてある郵便《ゆうびん》受けを見つけた。2は特別な素数だ。

「ここよ!」

じゃり道に車で入っていって、地面の穴《あな》や落ちている大枝をよけながらのろのろ進んだ。

カーブを曲がったとき、おじさんが「うわ」とつぶやいた。

そこに建っていた家、つまりレインのもとの家は、がれきの山になって、倒《たお》れた木にかこまれていた。

車からおりて、田舎の木々のざわめきや鳥のさえずりに耳をすませた。

「だれかいますか?」おじさんが呼《よ》びかけた。

返事はない。

わたしたちは車に乗って町の中心部に引き返した。

37　グラバーズタウンの小さな店

「無事だと思う？」車の中で、わたしはウェルドンおじさんにきいた。

「ヘンダーソン家の人たち？　わからないな。ハリケーンが直撃《ちょくげき》する前に避難《ひなん》所にうつってたらいいんだけど」

「どうやったらさがせる？」

おじさんは首をふった。「どうしたらいいだろうねえ」

グラバーズタウンの中心部にもどって、荒《あ》れ果てたメインストリートから28号線に入ろうとしたとき、わたしは「あっ！」と声をあげた。

道路わきに小さな店があった。ぱっと見は、ふつうの家みたいに見える──白い家でシャッターが黒。表に広いポーチがあって、れんがのえんとつがついている。でも、ドアの上の看板《かんばん》には〈食料品・日用品〉と書いてある。

「おじさん、ここに寄っていかない？」

「ああ。おなかすいたか？」

「ううん。ちょっとやりたいことがあるの」

おじさんの先に立って店に入っていった。店の棚《たな》にはありとあらゆる品物がつまっている——くぎ、ボードゲーム、缶詰《かんづめ》スープ、Tシャツ、乾電池《かんでんち》、痛《いた》み止めの薬、シリアル、ばんそうこう、ペン、チョコバー、糸、靴下《くつした》。

「いらっしゃいませ」

カウンターの向こうに、フランネルのシャツを着てオーバーオールをはいた若い男の人が立っていた。

心臓《しんぞう》がドキドキしたけれど、とにかくカウンターに近づいていった。

「わたしはローズ・ハワードといいます。スライド通り2番地に住んでいたヘンダーソンさんをさがしています」

その人が顔をしかめたので、ヘンダーソン家の人をさがしている理由をきかれるかと思ったら、ちがった。

「ヘンダーソン、ヘンダーソン……。ジェイソンとキャロル・ヘンダーソンのこと？　小さな子どもがふたりいる家かな？」

マイクロチップの情報に、ジェイソンとキャロルの名前があったのを覚えている。

「そうです」

「親しかったわけじゃないけどさ」

「親しかったわけじゃない？」

「ハリケーンであの家には住めなくなったんだ。ひどい状態でさ」

わたしはほっと息をついた。ヘンダーソンさんたちは生きている。

「どこに行ったか知ってますか？」

「いや」男の人は首をふった。「でも、近くに親戚《しんせき》がいるらしいから、そこにいるかもね」

「わかりました」わたしは男の人の目をしっかりと見た。「ありがとうございました」

店を出ようとしたとき、新聞コーナーに『カントリー新聞』という、この地域《ちいき》だけのローカル紙があるのに気づいた。

「ウェルドンおじさん、この新聞、買わない？」

「いいよ。でも、どうして？」

「この新聞に広告を出したら、ヘンダーソン家の人たちが見るかもしれない」

38

迷い犬、預かっています

ハロウィンは気づかないうちに過ぎていったけれど、11月末になって今度は感謝祭がやってきた。パパとレインとわたしは、ウェルドンおじさんの家で七面鳥のごちそうを食べてお祝いをした。感謝祭のあとの週末、わたしはヘンダーソン家のことをあれこれ考えた。そして、レインのことをクシェル先生に打ちあける決心をした。それで月曜日に、ウェルドンおじさんにまた学校に早く送ってほしいとたのんだ。もう一度先生とふたりきりで話をするために。

教室に入ると、クシェル先生はいすの上に立って、いつも教室にかざっている手作りポスターを、新しいのにかえているところだった。今度はクリスマス用のポスターで、カラフルな文字の切り抜《ぬ》きを貼《は》りつけてある。

「おはよう、ローズ」

「おはようございます」

わたしが先生の目を見ながら言うと、先生はいすからおりた。

「なにか話したいことがあるの？　預かっている犬の写真をもってきたの？」

先生は続けてふたつ質問をした。わたしは最初の質問に答えた。

「話したいことがあります」

わたしは自分の席にすわって、先生はとなりのミセス・ライブラーのいすにすわった。

「話さなくちゃならないことがあります。本当のことを話さなくちゃいけないんです」

先生はほほえんだ。話してみてっていう合図だ。

「迷い犬っていうのは、本当はレインなんです」

先生の笑顔が消えて、難《むずか》しい顔になった。「どういうこと？」

わたしは先生にレインのことをぜんぶ話した。パパがレインを連れて帰ってきて、連絡《れんらく》先がわからないから飼い主はさがせないと言ったあの夜のことから、ハリケーンのあとでレインが見つかったことまで、なにもかも。

「レインはもどってきました。でもレインはわたしの犬じゃないんです。本当の飼い主さん、ヘンダーソン家の人たちを見つけなくちゃいけないんです。その人たちはグラバーズタウンに住んでいたけど、家がこわれたから、今は近くの親戚《しんせき》のところで暮《く》らしてるかもしれません」

先生はウェルドンおじさんと同じようなことを言った。

「ローズ、ほんとにそうしたいの？」

わたしはうなずいた。「ほんとです。それが正しいことだから。ハッピー・テイル動物シェルターの人も飼い主をさがしてます」

先生は顔をしかめて、わたしの机《つくえ》のはしをえんぴつでコンコンとたたいた。これは考え中だという合図だ。しばらくしてから先生は言った。

「提案があるの。新聞に迷い犬の広告をのせるかわりに、だれかに記事を書いてもらうのはどうかしら。記事ならたくさんの人が読むでしょう。たった3行の小さな広告より、ちゃんとした記事のほうがずっといいと思うの。もちろん、お父さんの許可をもらってから」先生はひとりごとのようにしゃべりつづけた。「知りあいにシーラ・パールマンっていうライターがいるから、電話してみるわ。きっといい記事を書いてくれる。そしたら、たくさんのローカル紙でとりあげられると思うの。ローズ、どうかしら？」

「いい案だと思います」

「今夜、お父さんに電話するわ」

「昼間に電話してもらったほうがいいかもしれません」

パパは最近〈ラック・オブ・アイリッシュ〉に入りびたりだから、夜だと酔《よ》っている可能性が高い。

「わかったわ」


3日後、わたしは写真撮影《さつえい》の日に着たよそいきのワンピースで学校に行った。髪《かみ》はブラシでとかして、ウェルドンおじさんにリボンを結んでもらった。

昼休み、クラスのみんながカフェテリアを出て校庭に走っていったとき、わたしはクシェル先生と教室にもどった。教室で女の人が待っていた。青いウールのジャケットに、おそろいの青いウールのズボン。難《むずか》しい顔をしていたけれど、わたしを見るとにっこりした。

「ローズ、こちらはライターのパールマンさん。パールマンさん、こちらがローズ・ハワードよ」クシェル先生が紹介《しょうかい》した。

パールマンさんが手を差しだした。握手《あくしゅ》しないと失礼だと思ったので、握手をした。

「じゃあ、始めましょうか?」先生が言った。

パールマンさんはノートパソコンを開いて質問を始めた。レインのことや、パパがレインを連れて帰った日のこと。どんなふうにレインがいなくなって、どうやってレインを見つけたのか。それからハッピー・テイル動物シェルターでレインを見つけたあとのことも。わたしはウェルドンおじさんがデジカメで撮《と》ったレインの写真を渡《わた》した。

パールマンさんは写真を見て、わたしを見て、また写真を見た。2度目にわたしを見たとき、涙《なみだ》が浮《う》かんでいるように見えた。

「ローズ、これは思いやりに満ちた、とても勇気ある行いだわ。元の飼い主さんがレインと再会できるように、大好きなレインと別れる覚悟《かくご》をしているんだもの」

わたしはうなずいた。ありがとうと言うべきなのかもしれない。

2、3、5、7、11。

わたしがだまっていると、パールマンさんはクシェル先生に言った。

「レインやヘンダーソン家のことを知っている人から連絡《れんらく》をもらえるように、記事の最後に電話番号をのせるんですけど、ハットフォード・ヘラルド新聞社の番号にしておきますね。そうすれば、ローズの個人情報を公開せずにすむので」

先生はうなずいた。「ローズのお父さ――ええと、おじさんにそう伝えます。今日、迎《むか》えに来られたときにでも」

パールマンさんはわたしに向かってほほえんだ。

「それじゃ、今日はこれでおしまいにしましょう。どうもありがとう、ローズ」

「どういたしまして、パールマンさん」

わたしはパールマンさんがまた握手《あくしゅ》できるように手を差しだした。

39 パルヴァーニが同音異義《いぎ》語を見つける

クラスのみんなが作文を書いている。クリスマスやユダヤ教のお祭り〈ハヌカ〉がもうすぐだけれど、先生がテーマはなにがいいかみんなにたずねたら、ひとり残らず全員が「ハリケーン〈スーザン〉」と答えた。わたしたちは、こわれた家や、だいなしになった絵や、流された橋や、行方《ゆくえ》不明になった犬について、まだ気持ちの整理がついていない。

せっせと作文を書いていたパルヴァーニが、いきなり手をあげた。「クシェル先生！　ローズにちょっと話したいことがあるんですけど、いいですか？」

パルヴァーニはがまんできずに、ぱっといすから立ちあがって、わたしの席まで走ってきた。

「ローズ、わたし、同音異義《いぎ》語の3個セットを見つけたよ――〈泣きわめく《ウェイル》〉と〈クジラ《ウェイル》〉と〈みみずばれ《ウェイル》〉！」

わたしはその3つはもう前に考えついていたけれど、今それは言わないほうがいいと思った。それより今は友だちにやさしくしてあげるほうがいい。やさしい友だちなら、もう知ってたなんて言わないだろう。

わたしはにっこり笑って大きな声で「すごいね！」と言った。

パルヴァーニが「ハイタッチ！」と言いながら手のひらをあげた。

ふたりでハイタッチしてから、それぞれ作文にもどった。

ふたりともにこにこしていた。

40

パパが言葉をまちがえる

「これはなんだ？」

パパが新聞を差しだした（パパが言葉をまちがえたのは、このときじゃない）。

学校が終わってウェルドンおじさんの車で帰ってきたところで、わたしはポーチで待っていたレインとならんで家に入ろうとしていた。

「それは新聞だよ」わたしは答えた。

パパはけわしい顔で、にこりともしない。

「新聞ぐらい知ってる」新聞をわたしの足もとに投げつけた。「今朝、サム・ダイアモンドがもってきた。おれが読んどいたほうがいい記事がのってるってな。そのとおりだった。なにか言いたいことはあるか？」

わたしはとまどっていた。それ以上に、こわかった。

「ううん」

パパは新聞を拾いあげて、手が切れるほどの勢いでページをめくった。3回めくったところで手をとめて新聞をつきだした。「これはなんだ?」

この質問は2度目だ。

わたしは新聞を見た。レインの写真がのっている。そして、「勇気ある少女のさがしもの」というタイトルの記事。書いたのはシーラ・パールマンだ。

「その記事のことなら、クシェル先生が電話してきたでしょ」

「そんな電話は覚えがないぞ」

わたしは新聞をパパに返した。「クシェル先生は電話してきた」

パパはしばらく口をつぐんだ。目が部屋をさまよっている。電話があった日のことを急に思いだしたらしい。あの日の午後、パパが〈ラック・オブ・アイリッシュ〉から帰ってきたあと、電話が鳴った。パパは電話をとると、「もしもし」と言ってすぐ顔をしかめた。「ローズがなにか? また面倒《めんどう》を起こしましたか?」パパは電話を手でふさいで、小さい声でわたしに「クシェル先生だ」と言った。

わたしが「うん」と言うと、パパはリモコンをテレビに向けて消音ボタンを押《お》してから、つぎつぎにチャンネルをかえた。ときどき電話に向かって「ふうん」とか「ああ」とか言っていた。ようやく電話を切ると、「おまえ、レインのことで先生になにを話したんだ?」と言っただけで、テレビの音をONにした。

今、パパは新聞をもって首をふっている。「ローズ、これはプライベートな話だ。内輪のことなのに、新聞にでかでかとのっちまった。おおぜいの人がこれを読むんだ。これじゃ、おれが泥棒《どろぼう》みたいじゃないか」

わたしは後ずさりした。レインも後ずさったけれど、パパから目は離《はな》さなかった。

「ウェルドンおじさんと話して」おじさんがまだ会社に着いていないのはわかっていたけれど、パパがクシェル先生に電話してどなるのはやめさせたかった。「レインを散歩に連れていく時間だから、散歩が終わったら、いっしょにウェルドンおじさんに電話しよう」

わたしはレインをせき立てて外に出ると、おじさんが会社で席につく時間まで通りを行ったり来たりしてから、板の橋を渡《わた》ってうちにもどった。

パパはテーブルの前にぼんやりすわっていた。わたしは電話を手にとってウェルドンおじさんにかけ、事情を話した。おじさんは「パパにかわってくれ」と言った。

わたしはパパに腹《はら》が立ってきて、横で会話をききながらパパをじっと見ていた。パパはほとんどしゃべらなかったけれど、しばらくして急にさけびだした。

「もういい！　だれにも電話はしない。さわぎを起こしたりしないさ」そこでいきなり電話を切って、わたしを見た。「ローズ、すわれ」

パパの近くにはすわりたくなかった。「どこに？」

パパがいすをけとばした。「そこにすわれ」

わたしはいすに浅くすわった。

「なんでこんなことをするんだ？　なんでレインの飼い主をさがしたりする？　レインはおれのプレゼントだったんだぞ。おれからおまえへの。それに、おまえは2度もレインをもらったんだ。1度目はおれから、2度目はシェルターから。幸運に感謝しろよ」

「でも、パパがハリケーンのときにレインを外に出してなかったら、レインを返したりしないですんだ」わたしはレインを見おろしてから、パパに目をもどした。「なんで嵐《あらし》のなか、レインを外に出したの？」

「ローズ、いいかげんにしろ」パパの顔が赤くなってきた。

「ねえ、どうして？　レインは嵐のときにひとりで外に出たことなんてなかったのに」

パパが口を開いたとき、その声はとても低かった。でも、クシェル先生がクラスのみんなに読みきかせをするときのようなおだやかな低い声じゃない。ちがう種類の声だ。「ローズ、自分の幸運に感謝しろ。そのバカ犬をとりもどせたんだからな」

そんなの、筋《すじ》が通っていない。

「パパがレインを外に出してなかったら、レインを返さずにすんだ。なんでレインを外に出したの？」

パパがいきなりものすごい勢いでテーブルをたたいたので、レインもわたしも飛びあがった。

「このクソガキめ。おれはおまえのためを思って、それをくれてやったんだ」パパはレインを指さした。「おまえのためを思って」

「レインは生き物だから〈それ〉じゃない」

パパが立ちあがって、わたしを見おろした。

41　レインを守る

「なんだと？」パパがきき返した。

わたしは首をふった。パパはわたしと比べてものすごく大きい。今まで気がつかなかった。パパの手がこんなにぶあつくてかたいなんて、肩幅《かたはば》がこんなに広いなんて、気がつかなかった。
2、3、5、7。
「答えろ」パパがさっきと同じ低い声で言った。

わたしはいすからすべるように立ちあがって、自分の部屋のほうに1歩動いた。

「こっちに来い」

「いや」

「そうか」パパは大きな足で2歩近づいてきて、腕《うで》をふりあげた。にぎったこぶしは指の関節が白く浮《う》きあがって、石のようにかたく見える。

パパは今までわたしをなぐったことはなかった。一度も覚えがない。それはパパが自分の父親みたいに暴力をふるうようにはなりたくないと思っていたからだ。

わたしは自分の部屋のドアと玄関《げんかん》のドアを見て考えた。どっちが近いだろう？

そのとき、黄色いかたまりがうなり声をあげて飛びだしてきて、ジャンプしてパパの胸《むね》に体当たりした。

「レイン！」わたしはさけんだ。

レインは着地して、また飛びかかろうとしたけれど、それより先にパパがこぶしをふりおろして、レインの背中《せなか》をなぐった。レインがよろけてテーブルの脚《あし》にぶつかって、大きな音がした。レインは恐怖《きょうふ》と痛《いた》みで悲鳴をあげている。

急いでテーブルの下に飛びこんだら、その勢いでひざをすりむいた。レインを抱《だ》きよせながらテーブルの真ん中に逃《に》げる。パパが手をのばしてきたので、つかまらないように何度も身をかわした。ねらわれた獲物《えもの》みたいに。

「さわらないで！　レインにさわらないで。レインをなぐらないで」

ぜったいにレインを離《はな》すわけにはいかない。しばらくすると、パパの手が引っこんだ。玄関に歩いていく足音がきこえる。ノブがまわって、とまった。わたしはテーブルの下で少し前に身をのりだして、玄関《げんかん》のほうを見た。

「ローズ、このことをだれかにしゃべったら――ひとことでもしゃべったら――」パパは荒《あら》い息をしている。ひと呼吸《こきゅう》おいてから続けた。「ウェルドンやクシェル先生にひとことでもしゃべったら――」パパの視線《しせん》がレインに向く。レインはふるえながらパパのほうを見ている。パパはレインをにらみつけた。パパは途中《とちゅう》で言葉を切ったけれど、続きは言われなくてもわかる。わたしはレインを隠《かく》すように、後ろに押《お》しやった。

パパは鍵《かぎ》をつかむと、玄関のドアを乱暴《らんぼう》にしめて出ていった。わたしはしばらくレインを抱《だ》いていた。わたしたちも息が荒い。わたしは息がとぎれとぎれになっていて、レインはあえぎながらよだれをたらしている。

サム・ダイアモンドから借りている車のエンジン音がきこえてから、テーブルの下からはいだして、レインを引っぱりだした。ふたりでソファーにすわって、レインの体をすみずみまで何度もさわってみた。ケガはしていないみたいだ。部屋の中を歩かせてみたら、ちゃんと歩けた。

しばらくしてレインに夕方の食事をあげた。そのあと、ルーティンを変えるのはいやだったけれど、いつもより早い時間に散歩をした。そしてレインをわたしの部屋に入れた。

これから学校に行っているあいだ、どうすればレインを守れるだろう。

パパはわたしがまだ起きている時間に帰ってきた。わたしはリビングでテレビをつけてすわっていた。

パパはわたしの前に立った。

「ローズ、すまなかった。もう二度とあんなことはしない」

パパの目を見たけれど、どう読みとったらいいかわからなくて、だまっていた。

「うそじゃない。本当にすまなかった。本当に、本当にすまなかった」

「わかった」

きっとパパは心からあやまっているんだと思う。

42 クシェル先生からの情報

学校では、いつもと変わりなく時間が過ぎていった。クシェル先生が教室にかざる手作りポスターは、クリスマス用から美術イベント用にかわった。雪が少しとけて、しばらくのあいだは地面がぬかるんでいた。つぎの祝日は、1月第3月曜日の〈キング牧師の日〉だ。

うす暗く寒い雨の朝、いつものようにミセス・ライブラーとならんで教室に行った。いつもとちがったのは、コートをかけて机《つくえ》に荷物をしまったとたん、クシェル先生に「ローズ、ふたりで話がしたいの」と、教室の後ろに連れていかれたことだ。

またなにかしてしまったのか？　パパに渡《わた》す週間報告書に書かれるようなことを。

わたしは「はい」と返事してから、心の中で素数をとなえた。

「じつはね、きのう、レインのことで新聞社に電話があったんですって」

2、3、5、7。

「ローズ、きいてる？」

「はい」

「電話してきたのは、ジェイソン・ヘンダーソンという男の人よ。知りあいから新聞記事が送られてきたんですって。ヘンダーソンさんは、レインは自分の犬だと言ってるわ。それで新聞社は、ヘンダーソンさんにハッピー・テイル動物シェルターに連絡《れんらく》するように伝えたの。シェルターのカポラーリさんによると、ヘンダーソン家はレインの元々の飼い主にまちがいないそうよ。レインのマイクロチップの情報とすべて一致《いっち》したんですって。それに、ヘンダーソン家にはレインといっしょに撮《と》った写真がたくさんあるらしいわ」

先生はいったん口をつぐんで、真剣《しんけん》な顔でわたしを見た。「ローズにとって、これがいい知らせなのか、わるい知らせなのかわからないけれど」

「記事のおかげで、うまくいったんですね」

「そういうことね。ローズ、レインがどうして家族と離《はな》れ離れになったのか、知りたい？」

「はい」

「ヘンダーソン家では、ものにひっかかったりしないように、うちの中ではいつも首輪をはずしていたんですって。ある日、レインだけ置いて全員が出かけたの。そのあいだに近所の人が届《とど》け物をしにきて、キッチンに入ったの。レインはそのときに、首輪なしで外に出てしまったのよ。近所の人はそれを見てなかったから、それから何時間も、レインがいなくなったことにだれも気づかなかった。これは、あなたのお父さんがレインを見つける2日前のことよ」

「やっぱり、ヘンダーソン家の人たちはちゃんとレインを大事にしてたんですね。たまたまそんなことが起きてしまったんですね」

レインは首輪をつけずにヘンダーソンさんの家を出た。嵐《あらし》のあと、首輪なしでうちの家を出たときみたいに。

「ええ、悲しいできごとね。レインがどうやってこんな遠い町まで来たのかは、だれにもわからない。でも実際、レインはここまで来たのよね。ヘンダーソンさんたちは町じゅうさがしまわった。チラシを貼《は》ったり、新聞に広告を出したり。でも、レインを見つけたという連絡《れんらく》はなかったの」

「それは、うちにいたせいです」

クシェル先生は首をななめにした。

「でも、あなたはそのあと、勇気ある決断をしたわ。パールマンさんが言ったようにね」

「はい」

「そのあとのことは、もう知っているわね。ハリケーンのあと、ヘンダーソンさんたちは家に住めなくなって、今は親戚《しんせき》の家にいるんですって。だからなかなか見つけられなかったのね」

先生はひと呼吸《こきゅう》おいて続けた。「ローズ、ヘンダーソンさんたちはまたレインと暮《く》らしたいって。レインのことが大好きで、レインに会いたくてたまらなかったって」

「わかりました」

43　さよなら

つぎの日、ウェルドンおじさんはいつものように学校に迎《むか》えにきた。そして、いつものようにわたしを家まで送った。家の前に着いて、わたしがいつものように板の橋を歩いて渡《わた》ると、レインが窓《まど》からこっちを見ていた。いつもとちがうのは、おじさんが車で待っていることだ。おじさんはレインとわたしを待っている。

わたしは学校の荷物を家に置いてから、レインの首輪にリードをつけて、しばらくいっしょに庭を歩きまわった。レインはオシッコとウンチをして、お気に入りのにおいをかいでまわった――切り株《かぶ》、ポーチの階段《かいだん》のいちばん下の段、車庫のドア近くのいつもの場所。ウェルドンおじさんが車の中からこっちを見ている。

パパはうちにいなかった。たぶん〈ラック・オブ・アイリッシュ〉にいるんだろう。午前中は新しい橋の作業を進めていたようだけれど。

パパはレインにさよならを言いたくないんだと思う。

わたしはレインを車に連れていって、ウェルドンおじさんと自分のあいだにすわらせた。車が出発すると、レインは窓《まど》の外を真剣《しんけん》に見ていた。

このあいだ、ミセス・ライブラーから、人の立場に立ってものごとを考えるように言われた。「その人になったつもりで考えるの。その人がなにを考えているか、どんな気持ちでいるか、考えてみて」

今、レインがなにを考えているか、どんな気持ちでいるか、よくわからない。なんだか、みんなが交通ルールを守って運転しているかチェックしているようにも見える。

ウェルドンおじさんとレインとわたしはハッピー・テイル動物シェルターに向かっている。会話はほとんどなくて、車の中はしんとしている。

わたしはレインの前足の白いつま先をなでた。ネコヤナギみたいにふわふわしている。

車はハッピー・テイルに続く細い道に入っていった。おじさんは車をとめてから、しばらくわたしを見つめていた。

「ローズ、だいじょうぶか?」

わたしは窓の外を見ながら、パパがレインの背中《せなか》をなぐったことや、テーブルの下にいるわたしたちをつかまえようとしたことを思いだした。

「ヘンダーソン家の人たちは、きっとレインを大事にしてくれると思う」

レインを車からおろして、ハッピー・テイルの入り口のほうに連れていくと、レインはふるえだした。ハッピー・テイルのことを思いだして、もうもどりたくないと思っているらしい。レインがどんな気持ちなのか、それ以上はわからない。

カポラーリさんが入り口でウェルドンおじさんとレインとわたしを待っていて、わたしの肩《かた》に腕《うで》をまわした。「ローズ、あなたのおかげで、ヘンダーソンさんたちはとても喜んでいるわ。あなたがしていることは、勇気あるりっぱな行いよ」

みんながわたしのことを勇気があるとほめる。勇気あるりっぱな行いをすると、こんな気持ちになるの？

「わたしのオフィスへどうぞ。ヘンダーソン家のみなさんがお待ちかねよ」

おじさんを見あげると、おじさんはほほえんで、わたしの背中《せなか》に手をあてた。わたしたちはカポラーリさんのあとについて中に入っていった。

小さなオフィスに、男の人と、女の人と、わたしくらいの歳《とし》の女の子と、7歳（素数）くらいの男の子がすわっていた。みんなだまっていたけれど、レインを見たとたん、全員がぱっと立ちあがった。女の子と男の子はひざをついて、レインに抱《だ》きついた。

「オリヴィア！」女の子がさけんだ。

男の子はなにも言わずに、レインの毛に顔をうずめている。

女の人が泣きだしたので、そっちを見ないようにした。

わたしはレインを見ていた。初めはじっとすわっていたけれど、今は立ちあがって、身をくねらせている。ふるえているんじゃない。全身をくねくねさせている。レインは男の子の顔と女の子の顔をなめて、男の人の足に飛びついた。女の人がしゃがむと、レインはその両肩《りょうかた》に前足をのせた。うれしそうにクーンと鳴くと、床《ゆか》におりて踊《おど》るように動きまわりながら、ヘンダーソン家の人たちの手に鼻をすりよせた。

レインはうれしいんだ。

家族みんながうれしいんだ。

わたしはヘンダーソンさんの家の被害《ひがい》のようすを思いだした。この男の子と女の子の立場になって考えてみた。レインがいなくなって、ふたりはきっとわたしと同じくらい悲しかったはず。そして今は、ウェルドンおじさんと初めてハッピー・テイルに来た日のわたしと同じくらいうれしいはず。この子たちにはまだ住む家がないんだろうけれど、今こうして大事な犬が帰ってきた。

レインが落ちついてきて、部屋が少し静かになると、カポラーリさんがヘンダーソン夫妻に書類を渡《わた》した。ふたりはそれにサインをして、それからちょっとのあいだ、みんな立ったままおたがいに顔を見あわせていた。わたしは視線《しせん》をさげてレインを見た。

ミセス・ヘンダーソンが近づいてきて、わたしを抱《だ》きしめた。でも、わたしは腕《うで》をおろしたままじっとしていた。

「ありがとう、ローズ」ミセス・ヘンダーソンは言った。

「ありがとう」ミスター・ヘンダーソンもそう言って、わたしを抱きしめようとしたけれど、思い直したのか、ほほえんだだけだった。

「ありがとう」女の子と男の子も言った。名前はジーンとトビーだとさっき知った。

わたしはちょっと考えてから、「どういたしまして」と言って、ヘンダーソン家の人たちの目をひとりずつじっと見た。

ウェルドンおじさんがせきばらいをした。「それじゃ、ローズ、そろそろ帰らないと」そして、ヘンダーソンさんたちのほうを向いた。「ちょっとだけ、ローズとレインをふたりきりにさせてもらえませんか？」

「もちろんです」ミスター・ヘンダーソンが言って、みんなはレインとわたしを残して部屋を出ていった。

レインは床《ゆか》の真ん中にすわっている。まだ興奮《こうふん》していて、わたしがとなりにすわると、ぱっと立ちあがって、ハァハァいいながら顔をすりよせてきた。

「あの人たちがあなたの家族よ。あの人たちとおうちに帰るの」

レインはわたしをじっと見つめている。

抱《だ》きしめると、ほほに毛のやわらかさを感じた。「レイン、大好き」

レインがもたれかかってきて、そのまましばらくふたりですわっていると、ノックの音がした。

「ローズ？」ウェルドンおじさんだ。「そろそろ帰らないと。ヘンダーソンさんたちも帰る時間だ。レインにさよならしたか？」

「うん」

立ちあがって、レインを連れて部屋の外に出た。レインはヘンダーソンさんたちを見つけてかけよった。

ヘンダーソン家の人たちはわたしにさよならのあいさつをして、何度もお礼を言った。わたしはハッピー・テイルの窓《まど》のそばに立って、レインがヘンダーソン家の車に乗るのを見ていた。車が駐車場《ちゅうしゃじょう》から外の道に出ていく。ガラスごしにレインの顔が見える。堂々とした顔のりんかくも、消しゴムみたいなピンク色の鼻も。ジーン・ヘンダーソンが身を乗りだしてレインの耳になにかささやいて、レインは首をかしげた。

車が角を曲がって、レインの姿《すがた》は見えなくなった。

第五部　物語の終わり

44 静かな家

教室の手作りポスターが春用にかわった。
外が暖《あたた》かくなってきた。
パパが橋を完成させて、車で庭まで出入りできるようになった。
借りていた車はサム・ダイアモンドに返した。
午後はいつも、うちの中がしんとしている。パパは職さがしだと言って出かけていく。
わたしは家でひとりのとき、同音異義語《いぎ》のリストを読んで、ママの箱を見る。
ほかにすることなんかない。
心の中が痛《いた》い。
勇気ある行いをしたら、こんな気持ちになるの？　それとも、これがさびしさ？
たぶん、さびしさのせいで心の中が痛いんだ。

45 兄弟げんか

庭の芝生《しばふ》が茶色から緑にかわり、空気は暖《あたた》かく甘《あま》い香《かお》りがして、木の枝は若葉《わかば》におおわれている。そんなある日、ウェルドンおじさんがハットフォード小学校からうちまで車で送ってくれて、完成した橋を渡《わた》って庭に車をとめた。

パパはボンネットを開いた車の前に立って、中の部品をいじっていた。〈クソ野郎《やろう》〉のジェリーにクビにされてから、パパはJ＆R自動車修理工場には行っていない。橋が完成したから、今は車や庭の作業をしている。職さがしはうまくいっていないらしい。

先週、わたしは学校の帰りに車の中でおじさんに言った。「学校の送り迎《むか》えはパパにもできると思うの。まだ仕事が決まらないから」

言い終わらないうちに、おじさんは首をふった。「その話はもちださないほうがいい」

期待していたとおりだった。「うん、わかった」

しばらくしてから、わたしは言った。「パパの立場になって考えると、クシェル先生やミセス・ライブラーと顔を合わせたくないよね。１か月に１度会うだけでじゅうぶんだから」

「そのとおりだと思う」

そして今日、わたしが車からおりると、おじさんもおりてきた。いつもとちがう。

「兄さん」

おじさんが声をかけると、パパは車から離《はな》れて顔をあげ、ポケットからぶらさがっているぼろ布で手をふいた。

「やあ」

「今ちょっといいかな？」

「いいけど」パパの顔がこわばった。

「あのさ、ずっと考えていたんだけど、ローズは……ローズには、新しい犬が必要だと思うんだ。どうかな？」

わたしは１歩あとずさった。「パパ、わたしが言ったんじゃないよ！」

「ああ、ぼくの思いつきだ」おじさんはおだやかに言った。

パパは、ふんっと鼻を鳴らした。「ローズは犬をもらっても大事にしなかった。おれが犬をやったのにだ。あれを返しちまった。返さずにすむとこだったのに、返したんだぞ」

レインは生き物だから、〈あれ〉じゃないのに――。パパはいらだっている。

「それは、レインがローズの犬じゃなかったからだ」おじさんが言った。

「返さなくてもよかったのに。飼い主なんかさがすことなかったのに」

ウェルドンおじさんが歯をくいしばった。

わたしはもう1歩あとずさった。

「おれはな、ローズのために、なにかしてやろうと思ったんだ。せっかく犬をやったのに、ローズは返しやがった。たったひとつのプレゼントだったのに。おれからローズへの、たったひとつの」

「兄さん」

「もうそれ以上言うな。本気だぞ。それ以上言うな」

パパが〝それ以上言うな〟と言うときは、本気だ。

おじさんは車にもどってドアをあけ、運転席に乗りこんだ。

「兄さん、考えてみてくれ。ローズにはなにもない――」おじさんはそこで言葉をのみこんだ。「ローズはひとりでいるとき、さびしい思いをしてるんだ」

「ローズならだいじょうぶだ。必要なものはちゃんとある。だいじょうぶだ」

「でも、もし犬がいれば――」

「おまえ、自分がローズのことをいちばんわかってると思ってんだろ？　つけあがるな」パパは自分の車を両手でたたいた。

おじさんは運転席にじっとすわっている。

わたしは頭がくらくらしてきた。なんとかしておじさんに伝えなくちゃ――お願い、もうそれ以上言わないで。それ以上言わないで！　パパが怒《おこ》って、おじさんに会わせてもらえなくなったら、わたしはなにもかも失ってしまう。

おじさんがおだやかな声で言った。「兄さん、ローズにとってなにが大事か、ほんとにわかってるのか？」

パパがポケットからスパナをとりだして、おじさんの車のフロントガラスに投げつけようとした。でも、そこで手をおろした。スパナをポケットにもどすと、首をふって、またボンネットに首をつっこんで作業を始めた。手がふるえている。

おじさんは車をバックさせて向きを変えると、窓《まど》からわたしに手をふった。わたしは小さくふりかえした。

そして自分の部屋にかけこんで、ドアをしめた。

46 真夜中のできごと

寝《ね》つけない夜は、じっとあおむけになって数字をひとつ思い浮《う》かべる。目がさえているときほど、大きな数字にする。そこから3ずつ引いた数を頭の中でとなえていく。

ある暖《あたた》かい雨の夜、屋根から静かにしずくが落ちていた。ベッドに入って1時間半もたつのに、ちっとも眠《ねむ》れない。それで学校のことや、レインのことや、新しい同音異義《いぎ》語をあれこれ教えてくれるパルヴァーニのことを考えた。そして、またレインのことを考えた。

眠れそうにない。

495、492、489、486、483――。350台まできたところで、数をまちがえはじめた。ようやくうとうとしてきた。

ガタッ！　いきなり部屋のドアが開いて、リビングの明かりを受けたパパの姿《すがた》が、入り口に浮かびあがった。

時計を見た。20分も眠っていない。

パパは部屋の電気をつけた。「おまえをウェルドンのところに連れていく。今すぐだ」

わたしはひじをついて体を起こした。時計は12時2分。なんでパパはこんな時間まで服を着たまま起きているんだろう？　今夜は〈ラック・オブ・アイリッシュ〉に行かなかったのに。

「えっ？」きき返したけれど、パパはもうリビングに行ってしまっている。玄関《げんかん》のドアが開く音がした。

さっきのパパの言葉をよく考えた。「ウェルドンのところに行こう」じゃなくて、「おまえをウェルドンのところに連れていく」だった。わたしひとりがおじさんのところに残るみたいだ。たぶん、しばらくおじさんのところにいることになる。

それで、キッチンにかけこんでシンクの下からゴミ袋《ぶくろ》をつかみとった。外でバン、バンと音がしている。ピックアップトラックの荷台に物を投げこんでいるみたいだ。わたしはゴミ袋を部屋にもっていって、つかめるだけの服を急いでつめこんだ。その横にリュックを置いて、同音異義語《いぎ》のリストが入っているか確かめた。クローゼットの棚《たな》からママの箱をとろうとしたとき、パパが大声で呼《よ》んだ。「ローズ！　今すぐ出てくるんだ」

わたしはゴミ袋とリュックとママの箱をもって、車に乗りこんだ。車はわたしがドアをしめる前に走りだして、シートベルトをしめる前に橋を渡《わた》ってハド通りに出た。荷台では、かばんやスーツケースや段《だん》ボール箱が右に左にすべっている。

「どうしてウェルドンおじさんのところに行くの？」

パパは返事をしない。フロントガラスの向こうの雨をじっと見ている。雨はさっきより激《はげ》しくなっている。パパの顔がこわばっている。お酒を飲んだときのような、だらんとたるんだ顔じゃない。わたしのほうは見ずに、まっすぐ前を見て真剣《しんけん》に運転している。

「どうしてウェルドンおじさんのところに行くの？」もう一度きいた。

音楽の授業で、先生が楽器のチューニング用の音叉《おんさ》を見せてくれたことがある。先生は音叉で机《つくえ》の角をたたいて、かわりばんこにみんなにさわらせて、振動《しんどう》を感じとらせた。今、車の中の空気は音叉みたいにびりびり振動している。２回質問しても返事はなく、その振動だけが続いた。

張りつめた空気の中、ふたりとも無言のまま、暗いハットフォードの町を進んだ。ヘッドライトが降《ふ》ってくる雨やぬれた木々を照らしている。一度、道路わきでおろおろするアライグマの目に光が当たった。

おじさんの家の前まで来たとき、パパにたずねた。

「ウェルドンおじさんは、わたしが来ることを知ってるの？」

パパは車をとめたけれど、エンジンは切らずに、わたしのほうに身を乗りだして助手席のドアをあけた。「さあ、行け」パパはそう言ってから、ほんの一瞬《いっしゅん》、わたしを抱《だ》きしめた。もうずいぶん前から、抱きしめられたことなんてなかった。ほほがふれたとき、パパのほほがぬれているのを感じた。パパはすぐに体を離《はな》して前を向いた。あごがぶるぶるふるえている。

わたしは車をおりて、荷物を引っぱりおろした。そして雨の中をおじさんの家の玄関《げんかん》ポーチに向かって走った。ふりかえると、もう車のテールライトは遠ざかっていた。

わたしは玄関のベルを鳴らした。何度も鳴らした。ポーチの電気がついて、ドアのそばの窓《まど》からおじさんがのぞいた。すぐにドアが勢いよく開いた。

「ローズ！　いったいどうしたんだ？」

わたしは1歩近づいた。「パパがいなくなった」

47　わたしのママの話

6月初めにしてはやけに暑い朝、ウェルドンおじさんとわたしはポーチにすわっている。夏休みまであと2週間。このごろクシェル先生は毎朝、教室の窓《まど》を全開にする。ハチやハエが教室に入ってきて、一日じゅうみんなの頭のまわりをぶんぶん飛びまわるのに。

わたしは足をぶらぶら動かしながら、鉢植《はちう》えのゼラニウムのまわりをハチドリが飛んでいるのを見ていた。今日は土曜日。

「どうしようかな」おじさんがぼそっと言った。

わたしはおじさんをちらりと見た。「えっ、なに？」

「学年末パーティーにもっていく食べもののことだ」

学年の最後の日にクラスのみんなでパーティーをする。

「クッキーは？　チョコチップクッキーはどう？」

おじさんはほほえんだ。「いいね。来週、材料を買いに行こう」

ふたりともまただまりこんだ。おじさんとわたしはときどき長いあいだだまってすわってい
ることがある。わたしたちはこういうのが好きだ。すわって考えることが。

夕方はいつもいっしょに夕飯を作って、朝はいつも同音異義語《いぎ》の話をする。週末は車で州立公園や、アシュフォードの町にある博物館や、野外音楽フェスティバルなんかに出かける。

音楽フェスティバルに行ったときには、草の上にシートを広げて、ふたりで寝《ね》ころがってオーケストラをきいた。そのとき、おじさんは言った。「それぞれの楽器の音をききわけてごらん。バイオリンや、トロンボーンや、クラリネットの音色に耳をすませるんだ」音は空にまいあがって、星に向かって飛んでいった。

暑い6月の朝、ハチドリが花から花へ飛びまわるのを見ながら、わたしはふと思いついて質問した。「ウェルドンおじさん、ママの立場になって考えたら、家を出るときに思い出のものを置いていったのは、どうしてだと思う?」

おじさんはレインみたいに首をかしげた。「なんの話かな?」

わたしはママの箱のことを話した。

「ママはバラ《ローズ》に関するものを置いていったの。どうしてもっていかなかったのかな?　わたしのことを思いだしたくなかったから?」

おじさんは顔をしかめている。「ママがローズとパパを置いて家を出ていったと思ってるのか？　パパからそうきかされてたのか？」

「うん。うん」

おじさんが２つ続けて質問したから、わたしは２つ返事をした。おじさんがやさしい顔になった。手をのばしてわたしのひざにふれて、すぐ引っこめる。

「きみのママは出ていったんじゃない。亡《な》くなったんだ。きみがまだ小さかったころ」

「死んだの？」

「そうだ」

「どうして死んだの？」

「胸《むね》の動脈にこぶができる病気で、あっという間に亡くなった」

「パパはどうして、ママが家を出ていったなんて言ったの？」

おじさんは首をふって、コーヒーをすすった。

「きみを守ろうとしたのかもしれない。ママが死んだことを知ったら、すごく悲しむと思ったんじゃないかな」

「でもパパは、ママがわたしたちを置いて出ていったって言ったの。わたしずっと、自分のせいでママが出ていったんだと思ってた」

おじさんがまたわたしのひざにふれたけれど、このくらいはだいじょうぶ。軽くふれただけだから。「きみのパパはいつも正しかったわけじゃないけど、いつだってきみのことを大事に思ってたんだよ」

「だからパパは出ていったの？」

おじさんはハチドリを見ながら、また首をふった。

「わからない。パパからはなにもきいてなかったから。でもたぶん、ローズはぼくと暮《く》らすほうが幸せだと思ったんだろうな」

「パパはわたしを手放すのはつらかったかな？」

「うん、つらかったと思うよ」

それじゃ、パパとわたしには共通点があることになる。ふたりとも勇気があるってところ。

48　空にまいあがった音

この夏は、だれも経験したことがないほど暑い。ウェルドンおじさんが大きな木製のブランコを買って、ふたりでそれを緑色にぬってから玄関《げんかん》ポーチにつるした。夕方になると、いつもふたりでブランコにすわって、すずしくなるのを待つ。おじさんはゼラニウムの鉢《はち》を片足でそっとけりながら、ブランコをのんびりゆらす。朝もたいていふたりでブランコにすわる。そのあと、平日の朝ならおじさんは仕事に、わたしは〈サマータイム・アカデミー〉という夏だけのスクールに行く。そこには、高機能自閉症《じへいしょう》と診断《しんだん》された子たちが来ている。

今日は日曜日。おじさんとブランコにすわって景色をながめている。ほこりっぽい金色の畑があって、木立があって、その向こうに道路が見える。その道を3・7キロ行くと、ハド通りに出る。何日か前、おじさんといっしょに前の家に行って、からっぽの部屋を窓《まど》からのぞいた。おじさんは玄関に貼《は》られた差しおさえ通知をなでながら、なにか考えこんでいた。パパは、わたしをおじさんの家に置いて姿《すがた》を消したあの夜から、いっさい連絡《れんらく》してこない。だから先月、おじさんとわたしが家の片《かた》づけをした。わたしはリードや器や犬用オモチャなど、レインのもの以外はなにもほしくなかったので、ベッドの下にあったバッグにそれだけ入れてきた。

静かにブランコをこぎながら、おじさんが言った。

「ハッピー・テイルにまた行ってみようか？」

「うーん……」おじさんをちらりと見た。

「そろそろ行ってもいいころだと思わないか？　出会いを待ってる新しい犬がいるんじゃないかな」

「どうしよう」

「行ってみようよ」おじさんはほほえんだ。「見るだけでもいい。ちょっとのぞくくらいならいいだろ？　なあ、このブランコに犬をはさんですわったら楽しいと思わないか？」

「ブランコに犬？」顔がにやけてきた。「今度の週末に行けるかな」

おじさんが手を差しだしたので、わたしは握手《あくしゅ》した。

これで話は決まり。

「あのね、同音異義《いぎ》語リストを作ってる子がわたしのほかにもいるの。だれだと思う？」

「さあ、だれ？」

「パルヴァーニよ。あとで電話して、さっき思いついた同音異義語《いぎご》を知らせるんだ」

おじさんはブランコをとめた。そして、ふたりで指をクロスして胸《むね》に当てた。

わたしはまた畑を見わたして、空を見あげた。水色の空が広がっている。音楽フェスティバルで音が空にまいあがったのを思いだしながら、同音異義語の〈空にまいあがった《ソーード》〉と〈剣《ソード》〉について考えた。この同音異義語はおもしろい組みあわせだ。だって、〈空にまいあがった《ソーード》〉はとてもすてきな言葉で、夕暮《ゆうぐ》れの空に飛んでいく楽器の音を思い浮《う》かべると、うっとりするほどなのに、〈剣《ソード》〉は兵器だからぜんぜんすてきじゃない。わたしが同音異義語を好きな理由はたくさんあるけれど、そのひとつがこういうところだ。同音異義語の組みあわせは、ほとんどは意味に関連性がないし、この〈空にまいあがった《ソーード》〉と〈剣《ソード》〉みたいに正反対のこともある。でも、心を開いて、視点《してん》を変えて考えてみると、すてきな組みあわせの同音異義語が見つかることもある。

立ちあがって、ゆっくり目をとじた。しばらく目をとじたまま、音楽が空にまいあがって、音と空とおじさんの心とわたしの心がひとつになったあの夜を思い返していた。

作者あとがき

ローズとレインの物語のアイデアがめばえたのは、二〇一一年にアメリカにハリケーン〈アイリーン〉が襲来《しゅうらい》した直後です。〈アイリーン〉はアメリカ東海岸を北上し、予想外に内陸に進路を変えました。嵐《あらし》のあと、わたしは毎日ニューヨーク州北部のうちの近所の道を歩きながら、倒木《とうぼく》が庭から撤去《てっきょ》され、屋根がふきかえられ、流された橋や石垣《いしがき》が再建されていくのを目にしていました。うちの愛犬セイディがいつもいっしょだったので、嵐で飼い主とはぐれてしまったペットについて考えをめぐらせ、やがて迷い犬の話をつむぎはじめたのです。

ちょうどそのころ、ローズがわたしの心の中に現れました。高機能自閉症《じへいしょう》と診断《しんだん》されている少女で、おしゃべりで頭がいい子です。そして、なにかとつらいことが多い生活の中心に、一匹《ぴき》の犬がいるのです。しだいに物語の要素――ローズ、レイン、嵐――がひとつになっていきました。

執筆《しっぴつ》は孤独《こどく》な作業ですが、本はスタッフの協力によって完成するものです。担当《たんとう》編集者のリズ・スザブラ氏とジーン・ファイヴェル氏が、するどい洞察力《どうさつりょく》をもち、忍耐強《にんたいづよ》く誠実《せいじつ》にわたしを支え、物語を掘《ほ》りさげるよう励《はげ》ましてくれたことに感謝しています。そして、わたしの友人であり、ニューヨーク州にある自閉症《じへいしょう》の生徒のための施設《しせつ》、Center for Spectrum Services の共同創立者《そうりつしゃ》で、プログラム・ディレクターでもあるジェイミー・ウォルフ氏に感謝しています。ジェイミーのはからいで、わたしはキングストン校で授業を見学し、生徒たちと話し、生徒と先生の交流を観察することができました。また、ジェイミーはわたしの多くの質問に答え、この本の草稿《そうこう》を読んでくれました。どれほど助けになったかわかりません。

最後に、いとしいセイディ、ありがとう。セイディのおかげで、わたしは犬の世界を知り、十五年間毎日、犬の行動を観察することができました。この作品の執筆中、セイディはずっとそばでインスピレーションを与《あた》えつづけてくれました。

アン・M・マーティン

1955年アメリカ、ニュージャージー州生まれ。教員、児童書の編集者を経て作家に。テレビドラマにもなった「The Baby-Sitters Club」シリーズ（未邦訳）ほか、これまでに100点近い作品を発表。邦訳に『宇宙のかたすみ』（アンドリュース・プレス）、「アナベル・ドール」シリーズ（偕成社）がある。

西本かおる

東京外国語大学卒。都内で愛犬2匹と暮らしている。訳書に『ルーシー変奏曲』『リアル・ファッション』『消えたヴァイオリン』『やせっぽちの死刑執行人』（小学館）、『賢者の贈りもの』（ポプラ社）、『クリスマス・セーター』（宝島社）、『シスタースパイダー』（求龍堂）などがある。

Sunnyside Books
レイン　雨を抱きしめて

2016年10月27日　第1刷発行

作者　アン・M・マーティン
訳者　西本かおる

発行者　小峰紀雄
発行所　株式会社 小峰書店
〒162-0066 東京都新宿区市谷台町4-15
電話 03-3357-3521
FAX 03-3357-1027
http://www.komineshoten.co.jp/
印刷所　株式会社 三秀舎
製本所　小髙製本工業株式会社

NDC 933　234P　20cm　ISBN978-4-338-28711-1